甜美的來生

sweet hereafter

吉本芭娜娜　陳寶蓮／譯

愛人喲

我懇求天父，
「天父，請換予我新的名字！」
因為，現在使用的名字，塗滿了
恐怖、悖德、膽怯，還有屈辱。

Lover、Lover、Lover、Lover、Lover
愛人喲，心愛的人喲，請回到我身邊。
Lover、Lover、Lover、Lover、Lover
愛人喲，心愛的人喲，請回到我身邊。

祂說：「我把你關在肉體中，
當作一個試煉，
你可以使用它，或者，當作武器，
讓女人微笑。」

Lover、Lover、Lover、Lover、Lover
愛人喲，心愛的人喲，請回到我身邊。
Lover、Lover、Lover、Lover、Lover
愛人喲，心愛的人喲，請回到我身邊。

「那麼，請從頭來過！」我吶喊，

「請再一次從頭來過，
這回，請給我美麗的容顏，
給我安定的靈魂。」

Lover、Lover、Lover、Lover、Lover
愛人喲，心愛的人喲，請回到我身邊。
Lover、Lover、Lover、Lover、Lover
愛人喲，心愛的人喲，請回到我身邊。

祂說：「我沒有不理睬你，
我沒有拋棄你，
建造寺廟的是你，

隱藏我臉的是你。」

Lover、Lover、Lover、Lover、Lover
愛人喲，心愛的人喲，請回到我身邊。
Lover、Lover、Lover、Lover、Lover
愛人喲，心愛的人喲，請回到我身邊。

能夠回到我身邊，在幸福的時候
能夠回來，在悲嘆欲絕的時候
也能夠回到我身邊，在堅定不移的信仰中
也能夠回來，即使不相信。

Lover、Lover、Lover、Lover、Lover
愛人喲，心愛的人喲，請回到我身邊。
Lover、Lover、Lover、Lover、Lover
愛人喲，心愛的人喲，請回到我身邊。

這首歌的靈魂，
純粹、自由地升起，
但願它能成為你們的盾牌，
成為你們抗敵護身的盾牌。

Lover、Lover、Lover、Lover、Lover
愛人喲，心愛的人喲，請回到我身邊。

Lover、Lover、Lover、Lover、Lover
愛人喲，心愛的人喲，請回到我身邊。
Lover、Lover、Lover、Lover、Lover
愛人喲，心愛的人喲，請回到我身邊。
Lover、Lover、Lover、Lover、Lover
愛人喲，心愛的人喲，請回到我身邊。

（〈Lover, Lover, Lover〉出自Leonard Cohen《Songs From The Road》）

看到鐵條插入我的肚子時，心想，啊！這下再想甚麼也無濟於事了，我已經死了。

然後，很奇怪地介意起那根鐵條有點生鏽。同時本能地感到，這個反應太奇怪，畢竟在那種狀況下，鐵條是生鏽還是發亮，都沒有太大關係。

可是，生理上還是感到不對勁，強烈覺得「哇！這東西是生鏽的，慘了！」

我記得這一段，感覺時間過得特別慢。

當時，我二十八歲，以為人生將永遠持續下去，但是那幅懾人的景象，把存於一切事物基本的「死亡一直在那裡」的事實，狠狠攤在我眼前。怎麼，不就近在那裡嗎？

即使拔掉了鐵條，也無法拔掉那種強烈的感覺。

那是我和京都、東京兩地相戀的洋一，開車返回他在上賀茂的住宅工作室途中發生的車禍。

是在夏天結束，從鞍馬溫泉歸來的路上。泡了溫泉很熱，想要涼快一點，於是繞道寧靜、陰涼、綠意盎然的貴船。鴨川河畔開闊的美麗景色，近在眼前。

洋一這輩子最尊敬也最喜歡的人，是加拿大的創作歌手李歐納·柯恩（Leonard Cohen），當時，車上也縈繞著他現場演唱的低沉磁性嗓音。歌名是〈Lover, Lover, Lover〉。

那對我們來說，是很平常的情景，是平常到每天都有的情景。

我們之間一直存有空間。一個豐富、廣闊、充滿餘裕的舒適場域。不可思議到讓人好奇，為什麼現世的男人和女人之間能夠培育出這麼好的空間？那是我們不著急，一點一點磨合、細心輕柔培養出來的。像舒芙蕾，像麵包酵母。

緊接著，我們閃避不及一輛司機打瞌睡、突然從對向車道衝過來的車子，我們的車子翻落河邊。

我的頭受到撞擊，鮮血滲入眼中，視野一片赤紅，鐵條刺進肚子。是他為了創作而堆在車中的鐵條……

當時我想到的是，洋一不要緊吧？我們都死了嗎？車上堆放鐵條果然不好。

我最後想的事情既不美麗也不無謂，只是一種實在的心情。

耳中依然響著李歐納．柯恩的低沉美聲。我只是本能地、安靜地趕忙祈禱。

「事已至此，也沒辦法。即使我已經死了，也請保佑洋一平安無事。如果我還剩下一點生命殘屑，請全部移轉給他。我用這個生命、這個眼睛，看過許多東西，看過美麗的風景和許多動人的瞬間。我一直在屋簷下安眠，有慈祥的爸媽照顧，每天快樂地笑、暢快地吃，身體也一直保有足以打拚的健康。我很感恩。所以，請讓洋一活下去！」

或許，我那絲毫沒有「只想自己得救」的心意，不但有很長的一段時間救了我的心，結果而言，也救了我的命。

我只是像他父母那樣希望他活下來。

我忘不了那種心情的柔光般感觸。

☆

雖然這是常見的說法，但在那之後，我真的短暫處在一個雪白光亮包圍的美麗世界裡。

一種舉手投足都會閃閃發光、茫茫然感覺很舒服、隨時想輕輕哼唱歌曲的愉悅狀態。

這愉悅的感覺有半年那麼久，實際上可能只是一瞬間到幾天。

我還記得，在那個時空裡，已經死去的愛犬片刻不離地陪在我身邊。能夠把臉埋在牠那溫暖的毛皮裡，感覺好幸福。

啊，我果然死了，可是擁有這份溫暖的守護，我很高興此刻身在這裡。天空那麼美麗，不就好了嗎？別再多想了。

我只想躺著，閉上眼睛，用力吸聞愛犬的味道。那是比任何麻藥任何美酒都要清香甜美的味道。我想珍惜每一刻，讓這情景永遠持續下去。牠粉紅色的皮膚、溫熱鬆軟的感觸。牠在這裡活著。太好了，我深深放心。

所以，狗死的時候，不能那樣悲傷，否則，悲傷的色彩會沁入這裡的天空和空氣。我實際感受到，也這麼想。只要抱著「很高興能夠共有一段時間、一起散步，真的好棒」的心情就好。

洋一不為我的死而悲傷，很好。爸媽也一樣，很好。我心裡雖然這樣想，但那個感覺並不確切如生，而是很奇妙的美麗、清澈又微帶朦朧。

那個世界的天空一直呈現像是極光、有如彩虹般的奇異色彩。

一切都如朝霞和晚霞，靜靜燃燒生命的光彩。輕柔的和風吹過，樹木搖曳，不知是什麼的晶亮東西像絨毛在風中飛舞般，飄散四周。姿態像萬花筒，變化萬端，一直都看不膩，好美。

就在那時，已經過世的爺爺突然來接我。

看見爺爺騎著摩托車，從山腳延伸過來的直路駛來，我以為在做夢。怎麼可能？還能再見到最愛的爺爺。

我沒去想自己死了還是沒死？我是孤獨一人還是並非如此？在那裡的我，胸口被美塞滿了。

爺爺指著哈雷機車的後座說，坐到後面！

我說，沒有安全帽，我不要，我已經害怕交通工具。但是調皮的爺爺笑嘻嘻的不肯讓步，還說，你回去後，一天坐十趟雲霄飛車好好鍛鍊！硬要我坐上後座。我只好對狗說，我還會再來看你，等我噢！緊緊抱著牠，用力吸牠的味道，這樣反覆幾次後，放下牠，跨上機車後座，抱住爺爺的背，聞到懷念不已的爺爺味道，懷念得眼淚掉下來。

我對爺爺說：「光是活著就太棒了，感動得只是流淚。」

「沒錯，」爺爺說。

「小夜，按照一般的定論，你應該和來接你的寵物一起走過彩虹橋到天國去了。可是你沒有，我上網路調查，原來還在彩虹橋下逗留。但我也因此能找到你。」

「說起來，我喜歡動物甚於人。」我說。

爺爺皮衣的冷冷觸感和味道，也是那麼令人懷念。

「請你再回俗世修行去。你的他已經走了，再也見不到了，雖然無奈，但是你要想開一點，光是活著就是好事，要活下去。不為別人做什麼也沒關係，只要重視爸爸媽媽就好。肚子暫時不能用力，有一段時間會很難過。但那種難過並不是激烈的痛苦，而是慢慢擴散開來的難過，你或許會感到相當挫折。所以，你要記住這裡的景色，珍重這些美好的想法，這些都會在內心深處支持你。」爺爺說。

他到底在說什麼？我當時完全不懂，只是茫然感到悲傷。在那個地方，感情都不太明確，一切事物都美得朦朧。

我們沿著山邊道路騎到河邊。

像置身在夏威夷，風緩慢輕柔，天空以粉紅色的色階，宛如變幻萬千的極光般閃現。悠遠無盡。

我茫然想著，多麼美麗的地方啊！我想永遠留住這段時光，隨著氣溫隨著清風進入眼中的一切，都那麼舒適愉快，沒有一點不悅。是一個讓人心曠神怡的地方。

爺爺死的時候，我小學六年級。

每天哭個不停，聲音嘶啞，眼睛腫得不能上學，不是級任老師來家裡看我，就是要同班同學牽我上學。

爺爺率性、可靠，是很適合穿皮衣和哈雷機車的雕刻家。

爺爺的工作室裡，隨時有小孩子來玩。奶奶給孩子們吃點心，爺爺大方地讓孩子們玩弄他的雕刻，有時也請他們幫一點忙、買買東西。大家都很喜歡爺爺。

只要我心情不好，爺爺就會騎車帶我到隔壁鎮的大眾澡堂。泡著露天澡堂，看到的雖是東京鄉下小鎮的少許綠意，但是那個景色比任何深山幽谷的隱祕溫泉都能療癒我。我們也曾騎到箱根。騎摩托車很累，腰腿痠痛，但是身入其境的風景震撼感十足，非常享受。

爺爺臥病在床後，我依然喜歡爺爺。爺爺直到過世前，都還認得我，不停地說，一旦有事時，就想想爺爺。

當時的我，沒有想過生與死是如此靠近，只是在同個空間的毫釐之差。

我靠在爺爺背上，想著那些事情，不知不覺失去意識。

在這個世界一睜開眼，我重重回到渾身上下都痛的肉體中。身體沉重得令人無奈。整個身體如同鉛塊，連發聲都感到很重，動動手指也必須用盡全心全力，我鮮明地想起那段太空人返回地球後有關重力的訪談。

「咦？爺爺呢？」

這恢復意識後的第一句話，讓爸媽打個寒顫。

☆

鐵條順利拔出，只是腸子有點損傷，今後還能夠好好活著。雖說是小傷，但畢竟是內臟，還是非常麻煩。如同爺爺所說，那是一段言語訴說不盡的艱難復原之路，雖然無法完全還原，但至少留下了命，我慢慢地恢復。

三十歲時，我終於恢復正常的生活。

我的身體好像用銼刀徹底磨耗修整過，變得像另一個人。

每個人看到我，不是說「你變成這樣，記憶都沒了吧」，就是說「因為瀕死體驗的關係吧」，我覺得很有意思。

頭上一道清晰的傷口，好像還算幸運，留下一條不生毛髮、像科學怪人那樣凹凸不平的手術縫線疤痕，表面上看起來大腦沒有問題，其實有很嚴重的問題，但那是以後的事。

☆

我（自以為）的最後願望沒有達成，洋一是當場死亡。

如同爺爺所說。

他這一生活得暢快，留下許多作品，和我深情交往，也有許多朋友，沒有任何遺憾，瞬間去到那邊的世界。

沒有看到他的遺體，我的感覺一直無法落實。

當然，他有墳墓，也有牌位，我家和他家也都有他的照片，讓人感覺確實已非此世之人的照片。

前些天，我有事去他家。

雖然我和洋一還沒結婚，但他們待我如兒媳。

「歡迎回來，很熱吧。」

洋一的母親在玄關迎接我。

她比我母親年長一點，總是穿著麻紗洋裝。每次穿過走廊時，腳下散發涼意的拖鞋總是發出趴噠、趴噠的聲音。

我很想說，一切如常。

坐在他生長的客廳中他固定坐的沙發旁，喝著他們招待的冰紅茶，聊起最近的情況，我知道自己逐漸適應他已不在的這個空間。我還不能順利適應沒有他的人生，但能適應他已不在的此刻，感覺好像有什麼東西硬被篩漏掉似的。

傍晚，他父親回來。

他已經過了退休年齡，還會去雜誌社幫忙，協助藝術相關的專業雜誌創刊。他精神非常好，除了有點顯老的白髮，五官和洋一非常相似。

我真的很高興能拜訪兩老，度過比去其他地方都要輕鬆愉快的時間。可是我無法好好表達出來，只能說一些實務的事情。

「霧島的展示期間要延長，需要重作一份合約帶去，如果時間方便，一起去嗎？」

雖然話題僅限於此，但他們卻和我共同享有著無法和其他人共有的珍貴事物。

「這樣啊，那就一起去吧。」

他父親換上輕鬆的家居服，繼續這好像共同經營一家公司的和平會議。為了維持他作品還確實保有生命而呈現的和平。

現在見面，已不再需要壓抑眼淚，不必強忍傷悲不哭，也不像當時那樣有人堅強、有人崩潰，輪流哭得摧肝裂膽。只是靜靜分享各自走過的傷心時光。

「那麼，九州旅行就決定在秋初吧。」

我們已是能夠這樣交談而無隔閡感覺的家人了。

在他死後，透過守護他作品的工作，本就不必費心經營的良好關係，漸漸變得透明美麗。不像人造的假花，也不像枯萎的花朵，而是新鮮換上、有愛背書的美麗場域。

「今晚就睡這裡，這樣可以喝到很晚。明天不用一大早起來吧？」

他母親真心勸留，他父親也滿面笑容。

「既然您這麼說，睡在這裡也好。」

感念之餘，那晚就留在那裡。

他家在有點偏遠的郊外，稍不留意，就會錯過末班電車。

喝著他母親煮的味噌湯，吃著他最喜歡的煎蛋，和他父親邊笑邊喝日本酒。

就和他在這裡時一樣，一樣的飯菜，一樣的電視節目。

共有的時間之長，讓我們變得親密，珍惜徹底放鬆的時間。

在他父母的眼中，我似乎成了他的替身。

他們不停地反覆低語，很高興你來看我們。

而我的他，也在他們之中。

他們的手、舉止姿態、眼波的流動、皮膚的質感，都確實是他的一部分。

只有和他們在一起時，我允許時間停止。車禍之後很多事情幫不上忙的我，由衷希望能為他們盡一份心。

「都已經兩年了。下個月就要關掉那間工作室了。」他母親說。

「是，幾乎都收拾好了。作品租用這邊的倉庫存放，運送和基本的管理都一併委託他們。」

「我們不能一直占用工作室。要是不讓下一個創作者使用，洋一也不會高興的。可是，我真的很希望讓小夜永遠管理那裡。一晃眼就兩年了。好像還在做噩夢，不敢相信已經能夠平常生活。」他母親哽咽地說。

「我以後還會繼續管理他的作品，即使你們不要我管了，我還是會跟你們連絡，今後也請多多關照。」我微笑地說。

雖然我也擔心，失去這個心靈依靠的地方，會變成怎樣呢？儘管現在還保持聯繫，但沒有了工作室，以後就必須以觀光客的身分去京都了，那會是什麼樣的感覺？從火車站搭巴士往北的途中，我會哭泣嗎？還是只沉緬在感慨中？

此刻完全無法預測，到時，總會想出辦法的。

在他的房間鋪好墊被，醉醺醺地沖個澡，倒頭就睡，半夜時猛然驚醒，咦？

他不在。怎麼回事？

只有那一刻，黑暗回來了。

近日，黑暗似乎淡淡融入環繞我的命運氛圍中。雖然有一天我將會去到那裡，但那裡充滿懷念的美麗事物。想起那段經歷，我感到平靜。

在他的房間裡，彷彿進入他的童年時代，心情一片和緩。黑暗中朦朧浮現的，是他讀書時的書桌、舊衣櫃。年輕時候的他，是以什麼心情來看這個房間呢？我像憐愛自己的孩子般，懷想沒有我之時的他。

好孤單啊！我輕聲呢喃，但已經不再哭泣，安然入睡。

雖然寂寞，但這就是現在的情況，沒辦法。我像念咒似地不停告訴自己。

早晨起來時，屋中飄著香醇的咖啡味，他母親做了奶油噴香的蛋包飯，他父親已出門上班。

「睡得好嗎？」

他母親這句輕柔的話語，他肯定已聽過無數次。

「是，好好地休息了。之前在其他地方都沒有徹底休息的感覺，但在這裡，睡得很熟。」我說。

「你偶爾也要來充電一下，這個家只有我們倆老，也很寂寞。」他母親說，

「就算以後你結婚，生了孩子，也不要介意，希望你常來玩。小夜是一家人，小夜的生命中有洋一在。這是我的真心話。他爸爸不會這樣說，他怕這樣會造成小夜的負擔，他總是說，不管我們多麼寂寞，還是讓小夜忘掉洋一比較好。

可是我想，以後小夜帶著寶寶過來玩，我們也一定疼愛如孫，一起守護

他的成長。對於我來說，那才是未來，才是希望。小夜是我們的女兒，就是我們活著的證據。他爸爸不懂那種失去獨生子的心情。雖然兒子以前總是東奔西跑、不常在家，但那和他已不在這個世上是完全不同的。當未來的期待都落空了，是多麼困惑、不知所措啊。」

他母親反覆述說，惟恐造成我的重擔。我沒有不耐煩。他們總是擔心留住處在這種微妙處境的我，對我來說，是否不幸？

「我也非常依賴兩位，所以，不會覺得沉重，我真的認為，能和你們時時保持往來很好。」

我無法不認為，正因為是這樣正直的父母生他養他，才孕育出他的作品來。

洋一身後的正式繼承文件上也有我的名字，因此，這一生我都要守護他的作品。起初我爸媽覺得，這不是拖著過去不放嗎？一直往回看，不是徒惹悲傷嗎？但他們現在覺得慶幸，因為本該頹喪不振的我，卻因此能找回生存價值、積極工作。

對於比誰都愛他作品的我來說，那是榮耀的連結，因為，我的人生如果不包含此事，即不值一論，而那不是段應該忘記的經歷。

☆

當時，我爸媽以洋一工作收入及生活方式都不穩定為由，反對我們結婚。

他組合鐵條和木頭創作的作品，在海外極受歡迎，在世界各地的公園、美術館常設展示，但是在日本卻沒沒無聞。他留學義大利時師事的著名雕刻家，在日本也不為人知。

爸媽無奈地接受我們交往。有一天，不知為什麼，一位住在京都的日本畫家突然把他那個有著高高天花板的工作室幾乎無償租給洋一。洋一因此搬離東京，爸媽以為我們會因此分手。

他們以為如願以償，我也不敢多說什麼，尤其不敢說，懂英語的我還一直在幫他處理業務。

光是突然接到京都急救醫院的通知時，爸媽就已震驚不已，得知我和他還繼續親密交往那一刻，想必又驚又怒。

但當他們看到洋一的父母抱著我痛哭、連他父親都嚎啕大哭的時候，終於明白一切。

他的死為大家帶來痛苦。

忽然發現，我成了因愛人死去而哀痛逾恆的女子，渾身的傷疤莫名抬高我的重要性。我暫時搬出一個人住的公寓，回家休養，長年打工的義大利餐廳，也在我因為住院和做復健治療的長假中倒閉，一瞬間，我成了一無所有的人。

我沒有頹喪不振，因為每一天都有事情要做。

這世上還有人能幸運得到人生回歸白紙的機會嗎？

當然，他不在了，是無法想像的傷痛。但是，度過那個傷痛時期後，突然有種透明、豁然開朗的感覺，這是我不曾預想到的。

此刻，怎麼也想不起來那伴隨身體最惡劣狀況的最壞時期了。我確信，這個變化和頭部受傷有關。

當我身體狀況恢復後，立刻接受他父母的請託，開始管理他留下的作品和著作。沒有人比我更清楚他的作品清單。藉此，我從白紙狀態獲得解放，對於在東京無業的我來說，這份工作來得很是時候，我非常感激。

我每月去京都一趟，處理電子郵件無法溝通的部分，順便去工作室打掃、通風，帶些業務回東京。我勤奮整理工作室，和他父母溝通，逐步建立便於管理他設置在國內外公園、廣場和美術館的作品資料體系。

他母親細心幫我準備文件，還說，希望你一直做到工作室還給屋主的時候。如果洋一的作品賣出去，收入都歸你，如果不嫌困擾，作品的名義也都歸你。

按理說，這是在處理亡魂的事務，而那間工作室是亡魂的工作室。出入那裡的我，也算半個亡魂，做的並不是這個世界的工作。

可是，他的作品還存活在各地的公園、飯店的大廳、美術館的庭院裡，一點也不虛幻。他創造的每一件作品都帶著他的色彩，強烈主張生命的光輝，光是追蹤這些作品的現況，就是清楚而現實的。

他的作品並非他，但依然擁有生命，能夠連結已過世的他和此刻的現實世界。我甚至覺得那些作品之中有著生物般的能量循環。他的作品是我們的孩子，是像家中飼養的愛犬，在某個地方活著的心愛寶貝。

要怎麼說明那種愉悅的心情呢……起初，我有心理準備，再次走進他的房間一定會痛哭流涕。

實際上，在第一年，我哭個不停。

在他走後，第一次和他母親去工作室時，他的個人物品幾乎已收拾乾淨。

雖然那是為了顧慮我的感受，但一切仍然令人傷感。我一邊哭，一邊用他最愛的咖啡杯，花了一個小時才喝完那杯咖啡。感覺費了很大氣力才勉強嚥下我們一起去買咖啡豆的回憶。

他母親的背影太像他，也讓我承受不住。

窗外遠遠可見群山圍繞，大文字山身影依稀。一如往常，附近學校傳來孩童的吵嚷，那一刻我突然領悟。

雖然是同樣的吵嚷，但肯定不是相同的孩童了。孩童們畢業、繼續升學，世代確實更替過。我身體的細胞也一定和當時不同，幾乎全部更替過。所以，當下是當下。

我的靈魂一定隱隱知道，我們無法結婚、無法相偕到老，他會先走。不知何故，我們在一起時，總感到虛幻無常、感覺彼此似在遠方，因此幾乎不曾吵架。正因為有所感覺，所以擁有極為難得的穩定、無悔而豐富的幸福空間。

那時，我下定決心，下次絕對要一個人來。

這裡是我的新職場，不需要太拚命，但也不容逃避。我的內心堅定而平靜。

☆

當然，在那之後，前往京都時仍會有驀然傷心落淚的時候。

好比，傍晚去澡堂回來，頂著金色陽光悠然而行，陷入回到房間後他就在那裡的錯覺時。

在那種內心又痛又癢的獨特感懷中，一再想像——

走上樓梯，門裡傳出震天價響的音樂，門沒有鎖，我推開門，看到他的背影，對轉過頭來的他說「我回來了」。

專心工作的他略微笑笑，點個頭。看到他點頭，我的心立刻平靜下來。

我一直覺得，「我回來了」，是多麼美好的一句話！

每每，我向上蒼感謝，感謝讓我擁有傍晚時清爽走出澡堂、一步步走在夕陽下的美麗世界、回家說「我回來了」的幸福。

想起這些，眼淚如泉湧般奪眶而出，像孩子般哀泣。

那有如被他包圍的地方，比任何地方，都讓我感到幸福。

即使哭泣著，仍對於能那樣尋常看到他的作品充滿感激。

他雖然不在了，我仍有為他工作的充實感。京都的朋友們知道我獨自來時，也經常露面，請我吃飯喝酒。

洋一在的時候，工作室裡總是有人來幫忙，或是晚輩來請教。他幾乎不喝酒，沒有宴飲的熱鬧，當他開始專心工作時，大家自動悄悄離去。

像我爺爺一樣受歡迎的他，在過世以後，我才擁有獨占他的微光般幸福。

我總是像舔糖果似的，細細玩味那些雖不濃烈、但自在愉快的日子。

生活還有甜味，還有碎片。有著可以更細細分割、永遠不會結束的東西。我不需要生存價值，不結婚生子也行。只要擁有當下，能夠津津有味吃今天的飯，好好享受今天一整天，嘗到微醺踏上夜路也能平安到家、沉入香甜睡眠的喜悅。

☆

「小夜，你肯定在車禍時掉了魂。」

那天晚上，「SiriSiri」酒吧的老闆新垣直直看著我說。

SiriSiri是沖繩地方把蔬菜切成細絲的料理方法，有名的小菜「綠苦瓜絲」，吃了可解宿醉，店名由此而來。

復健期快結束時，我瀟灑地告訴爸媽「喝酒可以消毒傷口」，每天去附近的沖繩酒吧報到。偶爾晚上在家沒出門，媽媽還會調侃我「今天怎沒去消毒？」

當然，我沒花爸媽的錢去喝酒，只是用掉我為結婚而存的積蓄。既然我已經不結婚了，這些錢必須花掉。

我每晚放兩千圓在吧台上，告訴新垣就喝這麼多。為了讓因長期住院而瘦得像竹竿的腿部長出肌肉，我運動、跑步，持續復建，不能飲酒過量。

「什麼魂？」我問。

「靈魂啊。在沖繩，如果掉了魂，要去掉落的地方撿回來。」

新垣悠哉說出這番奇怪的話。

「你為什麼這麼認為？啊，我知道，是因為我這異樣的短髮、頭上還有傷疤，是吧？」我笑著說。

「不，是因為你就一副掉了魂的樣子。」

我的魂掉落在京都。儘管在那之後我也常去京都，但沒去過車禍現場。是因為這樣嗎？我的靈魂就是想回也回不來。

不過，這樣也好。

京都之戀因為有其限度而太過美好，所以無悔。

古都景色閃爍生光，彷彿每一瞬間都是為了愛情而存在。高樓對面的山脈，山那邊的古老街道。那些光、那些風，都為愛情添上難以置信的美麗色彩。

工作有點累時，登上大田神社後山的大田小徑，從高處悠閒眺望樹木之間的清新景色。老街在陽光下金燦閃耀，雲影飄流。茫然看著，忘記時間流逝，忘卻一切疲勞。

在京都，眼前有太多太美麗的事物，有時候以為那些都是夢。

「總有一天會去撿回來的。」我說，

「但現在這樣很好。我一直深深覺得，我現在這樣很好。」

「姑且不談靈魂，小夜已回不到從前了，你的眼睛不同了，完全就是靈媒的眼睛。」新垣說。

他說得很平常，我也平常地點點頭。

陰暗的酒吧裡播放著七〇年代的搖滾樂，此處不知今夕何夕，因而讓人舒坦放鬆。彷彿一切了然於心，我一口喝下泡盛（燒酒），再喝口冰水。

真是頭部受傷的關係嗎？車禍後我不斷看見奇怪的東西，好比現實中不曾見過的各種顏色和半透明的人。我本來不相信鬼魂之說，對這類事情也沒興趣，可是為什麼會變成這樣？我不知道。只是無奈會偶爾看到。

是幻覺嗎？還是我的腦筋有問題？我不知道。

我沒本事超度他們，他們也不搭理我，何況我也不能利用這個做生意營利，我就只是看著而已。

變成這樣，我能做的也只是重讀《花田少年史》和《我看到了》吧。雖然還有其他的處理方式，但我已經受夠了醫院，不想再去。

雖然那兩套書都是漫畫，但是很有參考價值，令我驚喜。

原來不是只有我這樣，那就好。

能夠看見鬼魂的光頭男孩形象救了我。那一位真的能看見鬼魂的女漫畫家，看到的恐怖事物比我還多，這讓我感到安心。我還算是外行人哩。能夠畫出這些作品的人，腦袋並不奇怪。我覺得這樣就好，不需要任何理由。

今晚，我也看到了。

坐在吧台最旁邊的長髮女人，有節奏地哼著歌曲。她不是這世上的人。

我一直看著她，她也凝視我。

我心裡想，如果你能坐在這裡，那麼，我死去的他應該也能坐在我身邊，但他肯定升天了，因為他不曾出現過，甚至不曾來到我夢中。

女人的眼睛像黑洞似的悠遠，想到他也是以這種眼睛徘徊在某個地方，我感到無邊的寂寞。但是想到他的一生，我覺得應該不會這樣。

他如果回到這個世界，也不是來找我，而是在他創作一半的作品前煩惱該怎麼辦，或是提醒打工的學弟要完成的作品細節。想到這裡，我不覺一笑。

雖然這世上的人擁有各式各樣的人生，但是能和他相愛、死別，在臨進天國之前緊緊擁抱愛犬，又讓爺爺騎著哈雷機車送我回到這個世上，是多麼美好的啊。或許是頭部受傷的緣故，我才能擁有這麼多的幸福感覺，但是我不難過，我覺得很好。

「在適當的時機去撿回你的靈魂吧，小夜。」新垣微笑，露出一口雪白的牙齒說。

他在設有美軍基地的小鎮長大，三十多歲時來到東京，或許曾有過一段時期茫然徘徊，那個女人或許是他以前心愛的女人。

這世上，每個人都背負著種種悲傷而活。太過遲鈍而沒有背負的人，一目了然。他們看起來就像機器人。只有那些有所背負的人，帶著色彩，細膩優美地行動。因此，有所背負才好。我希望只要活著，都能細膩優美地行動。

☆

每回醉醺醺回到家裡，爸媽大抵已經入睡。

雖然我每天晚上喝酒，但他們看到我仍早起慢跑、做好三人份的早餐，也就不說什麼。

我從冰箱拿出葡萄柚汁，咕嘟、咕嘟喝下。

我無法確切形容，但洋一走了以後，我感覺自己好像變成了半個男人。好像死去的洋一住進了我一半的身體裡面。

我祈求和洋一最後的性愛能夠受孕，求到頭痛欲裂。但這現世的定律，似乎是求到頭痛程度的願望反而難以實現。那時我也不能確定，鐵條刺穿腹部後能否受孕成功？

鐵條沒有傷到我的子宮，但是我沒懷孕。

那是我這輩子唯一感到那麼悲傷的來經。來了？霎時，所有的夢都破滅而逝。

最傷心的時刻是在那天的廁所裡。

那一刻，伴著水中擴散的幾滴血，我感到無限悲傷。一切都結束了。最後的希望破滅。我茫然坐在馬桶上，兩個小時走不出來。沒有流淚。只想就這樣坐下去、到死不動、絕對不走出去，但是身體卻覺得廁所逼仄壓迫，逕自慢慢站起，走出廁所，把我帶回房間的床上。從那天起，我感覺自己的身體和心有點分離。

那是我最後一次感覺自己純粹是個女人。

不久，合理而規律的現實，撇下茫然自失的我，逕自組合我的身體與手。也就是說，手腳能配合身體而自動運作，但處在纖細狀態的內心兀自沉眠。

這種身心分離的現象，工作起來更乾淨俐落。

但也是在這個過程中，受傷的心慢慢痊癒。我能夠放棄生養他孩子的人生。我自己都無法相信可以做到。

我的心終於追上身體時，我有所察覺。是嗎？身體撐得太久，該休息了。身體喲，對不起，過去罵你、苛使你，對不起。託你這極佳構造之福，我還能活著。

這種感恩的心情源源不斷湧現，真好。身體只說，光是能夠感受葡萄柚汁的酸甜，就很高興了。身體的天真，每每令我感動。

活出現在，說起來很好聽，但或許只是變得傻乎乎的，無法思考事物。

爸媽跟我說，不用特地做早飯也沒關係。

你將來還會回去過自己的生活，現在住在家裡，不成任何問題，何況有保險給付，醫療費完全不成負擔，沒事的。

可是，在我恢復意識的那一刻看到爸媽的臉時，我強烈感到不能不為他們做點什麼。

他們的眼神那麼溫和。

我確信，在我出生的那天早晨，他們也是用那樣溫柔的眼神看著我。這麼美好的事，如此不可置信。

想到這是不久前在另一個世界的爺爺延續下來的一部分，腦海裡隨即湧現一切生命都融入的粉紅色的影像中。來自那裡，回歸那裡，沒錯，母親的子宮裡，頂部肯定是粉紅色的。

靜靜凝望著爸媽那「希望你活下來」的真誠情感甘霖療癒著我。五顏六色的彩虹細雨灑在我身上，一天之後，身體的疼痛確實減輕了。

從那個世界回來，縱使是個夢，縱使是腦內啡所製造出來的幻覺，我仍認為一切的關鍵是彩虹。當我從醫院窗戶看到實際掛在天空的彩虹時，我真的認為，彩虹是連接天國和人世的橋樑，而激動落淚。

我不排斥自己變得能夠看到各種東西。因為可以看到那樣美麗的事物。在深夜的廚房，在微醺的狀態下，靜靜凝視爸媽的房門，知道此刻的安穩必是虛幻、並非永遠，也不是不好的感覺。知道生命的火焰在體內燃燒，就在肚臍下面一點，像滾滾沸騰的熱水。

雖然不知道什麼原因，但我活下來了。我想活下來、想生存下去，所以沒有沉入安魂的世界裡。

我不是單方面地失去他，因為我自己也瀕臨死亡。

只見到愛犬和爺爺，讓我明白，縱使我們相愛不渝，最後仍注定是一個人獨自離開。我能帶走的只是他的形貌，只是快樂的回憶。反過來說，只有這些，誰也不能從我手中奪走。
因為真正明白了這點，我才能夠活出現在。
只有想到「我們是那麼親密，好想做個最後的告別」的時候，才會再度陷入白色煙霧中，心神茫然。就在這樣的反覆中，匆匆過了兩年。
不是悲傷也不是寂寞，而是被奔向死亡的絕對力量壓垮後的感覺，讓我猛然警醒。
我知道自己不同以往了。永遠無法回到從前。世界不是從生到死的一直線流動。我們上學、畢業、就業、結婚、生子、小孩長大、自己也年老死去。儘管還在這個流動之中，但我已不在那裡。這個奇妙的感覺是怎麼回事？彷彿是次元空間改變、整個世界移動，令人目眩。

☆

我和他彷彿隱約知道那是最後的早晨。

前一晚已經做過，所以那晚我們什麼也沒做，只是相擁而眠，做了甜美的夢醒來。

前一天，我們從黃昏到夜裡，都在鴨川河畔散步，偶爾停下小憩，眺望遠山。即使這樣，也走了相當長的距離，望著薄暮中界線不清的河面，在出町柳車站那裡，笑踩踏石，回到岸上，再到有名的大福店附近樓上的Dining bar，喝點葡萄酒，吃些小菜，坐巴士而歸。因此，睡覺的時候，兩條腿非常倦怠疲累。那是舒服的累。在京都，沿河而行，不知不覺就走了很多路。

我們蓋著溫度適中的棉被，看著晨曦。

那是個極其平常的早晨，是重複而來、也重複而去的早晨。

他等一下就會起來煮咖啡，像往常一樣。

窗外的迷你玫瑰開了許多錯過季節的花。藍色天空下奇妙地突顯出紅色花朵，我確實想著，好像這世界的結束。
「我剛才夢見御花田。」剛醒來的他說。
淚水從他眼中溢出。
「明明是個好夢，為什麼哭呢？」我問。
不知道。他說。或許因為是太好的夢，因為太幸福了。
我忘不了自己愉快地看著我最喜歡的他的唇型說出幸福兩字時的模樣。
「我夢到我們一起去旅行。夢到我們在能望見美麗夕陽的餐廳吃沙拉。暢飲美麗的金黃色白葡萄酒，分享裝滿生火腿的沙拉。」
「感覺好好！」他擦著眼淚說。
「或許是蜜月旅行的夢。」
我笑了，有著能笑談那事的輕鬆。
「那裡肯定是義大利，肯定就在最近，會美夢成真。我們要結婚，還要去義大利。」他說。

「嗯，不會太久。」我說。

「搬到這間工作室後，都忙得沒時間去旅行。」

明明各自做了美好的夢，為什麼卻感到寂寞，不想分開而一直挨在一起。他或許有別的想法，但我們各自帶著異樣、但分量相同的心情，蜷曲在一床棉被裡。有種不知什麼東西緊逼而來、只有這個時間是安全的不可思議感覺。

像要揮去這種感覺，他說：

「起來，出去走走吧，今天休息。」

「我想去Ookiniya吃炸物午餐，雖然有點遠，可是今天就想去那裡吃東西。」我說。

「傍晚送你到新幹線車站，也還有時間順路去Ookiniya。」他說。

「那麼，白天去鞍馬溫泉好了，好熱。」我說。

「鞍馬溫泉，我好想去、好想去，怎麼會這麼想去呢。」

他確實那樣說。難道命運和他都坦然接受了對方？

不管任何時候談到要去哪裡，感覺都在京都這個都市的呵護中。我們那個沒有料亭、也沒有藝妓登場的貧乏京都。

在星野屋的入口，窺看瑰麗的照明和建築，眺望眼前的綠和潺潺流動的河水，一邊忍受蚊蟲叮咬、一邊出神互訴「哪天來這裡住住」的嵐山散步道。

在怪異的老酒吧「偵探」，能喝酒的我只喝一杯，他則吃咖哩飯，和店裡的形形色色客人聊天，帶著探險心情跑進樓上那個不值一提的破爛房間，穿過暗門，興奮回家。

有時候，在Ookiniya的吧台，邊吃邊和老闆閒聊，或在Gake書房，玩味珍本書幾個小時。

我們始終以還是學生的心情去做各種事情。專心創作的他，有過許多打工和當助手的經驗，擅長隱藏自己藝術家心情的起伏，不輕易將創作的煩惱洩露在外。

其實，他對咖啡屋、酒吧、美麗的旅館和旅館的美味早餐……都沒有興趣，只是配合我吧。其實，我真的什麼都不要，只要在他身邊就好。

我不能怨恨什麼，所有一切都遠走了，只有我留下來，甚至連生氣都來不及。

留下來的，只是愕然空白的我。

☆

沿著綠蔭大道一直跑，流著汗，到那附近的麵包店買麵包，是我每天的例行公事。想到要在街上那家小法國麵包店每天更換的幾種麵包中挑選哪一種，內心充滿了期待。

而那棟公寓就在我跑步結束、開始走路做緩和運動的地方。

那裡破舊得好像很快要被拆掉，似乎沒什麼人住，門柱上寫著「金山莊」的素雅陶製門牌令人印象深刻。

我沒看過住在裡面的人，但發現二樓的邊間，有個女鬼。當我突然意識到那個窗口有人影時，一抬頭，她在微笑。我第一次看到那樣的鬼魂。

我沒有和她四目相對，也沒看到她移動。

猛然抬頭，就看到她靠在窗口，垂在肩上的鬈髮飄飄輕搖，靜靜微笑。

那種微笑和我在街上偶爾看到的其他鬼魂完全不同。

她沒有那種「人生已經結束，一切都沒了，不安、不安、好無奈」的感覺，而是一副「等一下要吃什麼」、「約會時要穿什麼」的神情。
有那樣的笑容，為什麼不能往生淨土呢？也有這樣的事情嗎？
這是我第一個疑問，我當然不可能知道原因，只是茫然接受那個笑容的療治。那個世界有太多太多無法整合去思考的事情，我也不必太在意。
我喜歡那種彷彿在說「還想再自在一點」的氣氛。
光是看得見鬼魂就已經夠奇怪的了，再說喜歡鬼魂，這是怎麼回事？
雖然感覺接受鬼魂的安慰很不對勁，可是看到她的小小眼睛、鼻子和身軀，覺得生死和一切，都不是那麼糟糕的事。在清晨街上的氣息中，我是那樣感覺。
讓我有那樣感覺的人，不管是生是死，都是一樣的。
她是誰？為什麼在那個地方？
我莫名牽掛起那個日常風景中的非此世之人。

雖然有一天她會消失不見，但是能夠那樣微笑，顯見她的人生過得不差。當我這麼想時，我的心也得到比接觸其他東西時更深的安慰。

那是一段靈魂受傷，卻被靈魂治療的奇怪日子。

我對她微笑時，她沒有回應，只是看著我，彷彿我和街道是一樣的，就那樣微笑看著。

這麼一來，我也覺得自己和整個世界合而為一，並非外表所見的那樣有著鮮明的苦痛，而是徹底融入大氣之中，因而感到安心。

☆

新垣一向不讓我喝酒超過兩千圓的分量。

他會看我的情況，故意慢慢上酒。

我知道他擔心我。他常常說，每天上門的客人要是健康毀了就麻煩了，我要的是長期健康的老顧客。新垣也勸我晨跑。他對很多客人都說，晨跑變成習慣後，就不會飲酒過量。

當酒錢不到兩千圓的時候，他就把多餘的錢放進那個通天閣的尖頭鳳眼娃娃存錢筒裡，上面用馬克筆寫著「小夜存款」。雖然我跟他說，一直受你照顧，當作小費也無妨。

也是在車禍以後，我才真正察覺，這樣的小事能踏實打造人與人之間的關係。不需通宵長談、同床共枕、一起旅行，只是每天一點點細微的相互關懷，就能建立堅固的信賴城堡。年輕氣盛的時候，察覺不出那種淡淡的人際關係。

如果新垣是想賺那幾百塊錢而讓顧客多喝一杯的人，這家店不會屹立這樣久吧，客層也會更差勁吧。不太想接觸別人眼光的我，起初是因為這家店非常低調而來，久了以後，終於發現它的好。

也因為我總是一個人，所以能夠體察到這些。

我一個人時總是莫名感到緊張，即使在可以放心的店家，仍存有一絲謹慎，彷彿背後長著眼睛。也因此，可以體察到只能在緊張感之中看到的種種事情。如果和朋友同來，閒聊中很容易錯過那些眾人細微舉止中呈現的心動風景。

車禍以前的我，無法想像一個人去喝酒。

現在的我，除了髮型接近光頭，服裝也像男人，怎麼看都像女同性戀裡的T，完全看不出對男人有興趣的樣子，所以很少有人來搭訕，而且就算是有人搭訕我也不理會，心情絲毫不為所動。

這兩年，除了打工之外，只去京都，那裡有幾個談得來的朋友，相反地，在東京都待在醫院，幾乎沒有日常見面的人。

在身體嚴重受傷以前，我並沒有意識到自己的身體是隨著心理的狀態而運作著，但恢復健康以後，我意識到身體會提醒我不要喝酒過量、不要太想念洋一而逕自沉入夢鄉，在我茫然失神即將跌倒時，手會及時伸出穩住腳步，這真是太奇妙了。

以前我不但沒有察覺身體如此善待我，還讓它被鐵條刺穿，因為沒有受孕而責備它，這真是人類對老天給予的唯一容器的傲慢。

我雖然如此感謝身體的種種，但依然清楚記得那短暫間沒有身體的世界的飄然快樂，那宛如一直留在溫暖陽光中的感覺。

我動動手，彩虹似的光也跟著搖動。

我和狗一起看著那個光，許久、許久。

每當我迷迷糊糊想著要是能一直留在那裡多好的時候，眼前就浮現爺爺的臉。雖然看不見爺爺的身體，但爺爺還是像以前一樣精力充沛，這是因為爺爺在世時有著踏實的一生。儘管在現實中，我看到的是爺爺過世時昏睡的狀態，但是之後腦海裡出現的都是他精力充沛的模樣，對我來說，真是莫大的喜悅。

爺爺騎著哈雷機車的模樣，只能說帥透了，縱使是夢，也讓我陶醉。

哇、好帥！在美麗的山脈、河流、綠樹和彩虹閃耀的世界裡，爺爺騎著哈雷來到，太好了、太好了，感覺一切俱足，無所需求了。

那一瞬間的興奮，是毫無保留、沒有條件的。

不管怎樣困難、悽慘，都一定會有這樣的瞬間。

我的心在彩虹世界裡閃亮擴散，知道世界接納它，散發七彩燦爛的歡欣。

是的，我們相互交換。

我帶給這個世界這樣的影響，我並不知道。世界在我發光時，也以等量的光采回報我。有時候很快，有時候很慢，像海浪，像回聲。

渺小的我不論是什麼樣的心情，都能夠真實地觸動這個世界。

在我們看不見的世界裡，那些互換確實發生了，只要改變眼光，隨時可以看見。我清楚接收這些訊息之後，回到這個世界。

我變成一具帶著這種珍寶的殭屍，回到人世。雖然這是很奇怪的狀態，但只能那樣形容。我成為一種不能說是好也不能說是壞的稀奇生物。

當然，我依然是人，所以那種美好的想望必定立刻墜地，日常的生活隨之展開。

現實的無聊正一點一點地侵蝕我的珍寶。

這個世界一點一滴侵蝕那美好的瞬間。

美好的瞬間總是輕易被奪走，任何亢奮狀態都是距離擁有那美好一瞬最遙遠的生活方式。美好一瞬只能在眨眼間產生。這雖是沒有止盡的交戰，但唯有保持美好一瞬的心情，才是可能全面戰勝的唯一之路。

我常常和洋一說起這些。

躺在地板上，吃著蛋糕，喝著葡萄酒說著。

我雖然變成孤獨一人，依然做著那一天的夢。

我似乎還有勉強可以分送給這世界的美好心情。

☆

第一次在黃昏時分經過那幢有鬼公寓「金山莊」。去遠處的銀行匯款回來，很難得的在那個時候經過那裡。

我愣愣看著一個年輕人拿著皮夾走出公寓大門，從停車場推出腳踏車。是嗎？這裡也住人，不是只有鬼魂。

我這麼想著，抬頭望向那個鬼魂所在的窗口，發現她一直注視著那個跨在腳踏車上的男人。哇！嶄新的表情。

跨在腳踏車上的他，突然看到正望著那個鬼魂的我。

很正常嘛，幾乎光頭的可疑女人一直望著自家公寓的樓上房間，當然會在意。

但好像又不是這麼回事。

「你看得見我母親嗎？」

他很自然地問我。

「是，是那個女人嗎？」

我指著窗口。

「對。」他說。

「可是，她看起來相當年輕呢。」我說。

「我母親好像還是年輕時的模樣，什麼樣子呢？」他問。

「呃、她看著這邊。不過，她一直都在微笑。」

我說。心想，這真是一段頭腦古怪者的對話。

「在微笑嗎？」

他的表情一亮。

無需思考，我深深了解他的心情。因為我也時時在想，要是能夠看到洋一，那該多好。越想看到的越看不到。或許是太用力的關係。

「嗯，她看起來幸福無比。我每天早上都經過這裡，想看到那個笑容。」

我說。心想，能幫上忙，真好。

如果只是自己徒然看到，多麼可惜。

「那肯定是我母親。」

他說。好像在介紹一個普通的活人。

「確實很像。」

我說。兩個人的整體感覺都很纖細，眼睛細長，看起來聰明高雅，又有幾分可愛。

「我們家本來住在三軒茶屋那裡，但是房子很小，母親當時的情人在這附近工作，於是搬過來住，他們匆匆租下這裡一個月後，我母親就死了，心臟病發作，真的像睡著似的倒下。她心臟本來就不好。」

「呃……她是那麼高興住在這裡嗎？」我問。

「她只帶了一點行李搬過來。雖然他們住在這裡的時間很短，但是很幸福。可能是搬家累壞了，很突然，我們很驚訝。」

他說。

「你母親的他還住在這裡嗎？不是你父親吧？」

我問。雖然覺得問到他的隱私，但他給人這樣問也無妨的感覺。

「親生父親在我和姊姊小時候就生病死了，母親管理父親留下的公寓，經營咖啡廳，把我們帶大。那個人是父親死後她才有的真正情人。他受到很大的打擊，回到老家山梨，已經不住這裡。」

他說，

「那也怨不得他，只在這裡住了一個月，回憶也不會太多。只是，我覺得母親好像還留在這裡，很可憐，所以過來陪她。」

「可是。有那樣幸福的感覺，一定會往生極樂世界的。即使往生淨土，人還留在此世，是像玩味餘韻似的感覺嗎……？對了，你雖然從裡面出來，但你不住在這裡吧？」我說。

「我住在這裡，但不是那個房間。」

他說，

「那間是我母親的房間，總覺得不適合。」

他乾脆地說，像在談論活著的人。

「的確……」我說。

這一刻，我的內心裡湧起一種完全了然於胸的感覺，好像這也是我的境遇，好像有什麼重疊在我身上。這個世界與那個世界融合了、所有的幻想、一切一切，都像自己的事情般深深理解。

「請你偶爾告訴我母親的樣子。」他說，「因為我看不到她。」

「那你怎麼知道她在那裡微笑呢？」我問。

「我夢到的，好幾次。你知道《沉睡百萬年》（Prince of Darkness, 1987）這部電影嗎？就是那種感覺，相同的場景在夢中出現好幾次。常常夢到年輕模樣的母親站在這個公寓窗口微笑，讓我很在意，所以才搬進來。」他說。

「我不知道那部電影，但肯定是你母親想讓你知道她幸福的樣子。這和你看得見她是一樣的。不需要我再告訴你什麼。」

我說。這真是奇怪的對話，奇怪的安慰方式。

「進去看看吧？」他問。

「不，再怎麼說，我們還是初次見面。」我說。

「我要去買花，請進去看看。門沒有鎖，屋裡空蕩蕩的，開著門也無所謂。我真的很高興，我做的事情終於有回報了，雖然不知道是怎麼回事，但總覺得這一天肯定會來。」

語畢，他踩著腳踏車唰地離開了。

我說「打擾了」，走進公寓玄關，踏上樓梯，木板吱吱嘎嘎作響，登上二樓。那個房間的門和窗戶面對初夏的世界敞開，有著不適合鬼魂的明亮和開放感。

如我所想，她的背影不在那裡。鬼魂總是讓人完全捉摸不定。難道那只是電影場景的照片嗎？

我進到三坪空間和一坪大廚房的舊房間裡，屋裡十分簡素，只有無印良品的壁掛式CD唱盤以及無印良品的書架，可以感覺得到她生前不是胡亂裝飾房間的人。窗前擺著有些枯萎的花、清水和漂亮的和菓子，還有她和年齡小她很多的男友照片。

照片中的她，和我平常看見的窗口影像，除了年齡，完全無異。她真的死了吧。

能夠的話，我想乾脆認定，死去的人已經不在。

窗口的她是剛才那個男人的思念創造出來的幻覺嗎？如果是，那究竟要改稱什麼才對？場所的記憶？如果是，為什麼我可以稀鬆平常看到呢？

想來想去，感覺一切都是心理作用，徒勞思索無益。就像算命時聽了太多未來的人那樣，一時感到空茫。

就在我思緒茫然一暗時，不遠處傳來咚、咚、咚的上樓腳步聲，他回來了。

「我來換花。」

他拿著新的小花束，輕輕拿起花瓶說。

他的動作非常細膩，讓我產生好感，一點也不像是為已死之人而做，態度非常珍重。

「呃，你的名字？」我說，「我叫石山小夜子。」

「啊，還沒有告訴你，我叫西方當。」

「你母親呢？」

「山茶花。」

「母子倆的名字，都很可愛。」

我說。看著照片。

「母親名字的出處很容易知道，外婆幫母親取名字的時候正在流行。」

他說。

「啊，是〈火堆之歌〉嗎？原來取自那首歌……！」我驚訝地說。

「我覺得與其用『當』這個字，不如用『太郎』還比較有進取的意思。不過，我有個姊姊，她叫『北風』，她時常抱怨這名字不討喜。而且，每次找她搭訕的男人總會回說『我是太陽』，無聊透了。」

他笑一笑。

「先不提姊姊，就拿我來說，大家都說我是個喜歡美色的傢伙，總是問我，你爸媽很喜歡《福星小子》（長篇漫畫，主角為諸星當），是嗎？」

「的確。」

我說。他們的父母確實蠻奇怪的。然後，在心中唱起那首歌。

山茶花、山茶花，開在道路邊。

焚火堆、焚火堆，落葉熊熊燒。
太陽照、太陽照，北風呼呼吹。

唱著唱著，雖然是夏初，心中突然湧現冬天的美。

這個世界這麼美，有綠色恣意伸展的夏天，緊接著，寒冷美麗得有如另一個世界的季節循環而來，人們能夠欣賞茶花的紅和落葉的黃，好像永遠置身在一個巨大的劇場裡。我們把心中的美麗能量還給世界，就是觀賞這齣四季戲劇的門票。

阿當把花瓶拿到流理台。耳邊傳來水嘩嘩響、剪斷枝葉的咔嚓咔嚓聲。

腦海裡浮現出她在這個小小屋子裡重複的日常景象，那和現在及過去都沒有不同、和心愛男人同居的小小生活。我想像她生前在有點慵懶的星期天午後靠在窗邊的模樣。想像活著時候的她、死去以後的她。

修剪整齊的新花束和清水，供在窗前。

他坐在花束前，雙手合掌。

我在一旁也不自覺跟著合掌。

「雖然做了這麼些事，卻絲毫不覺得自己得救。」他說。

我很詫異，「唔？」

「這完全是徒勞，我知道。」他笑著說。

「可是，現在能做的也只有這些吧。」我也笑著說。

「我做這些是為了要彌補。什麼都不做的話，心裡會不斷自責，為什麼那時看到她臉色很壞也沒送她去醫院？為什麼忙著自己工作而沒幫她搬家？現在我只能盡量一點一滴地去做點什麼，直到像最後一顆果子離開枝頭那樣，我才會不再自責，完全釋然。」

他這段話像一縷清澈的水，注入、填滿我空洞的胸口。

「沒辦法啊。」

「是沒辦法，因為母親不是理論，而是真實存在的人啊。」他說。

「我現在也在做類似的事情。」

我說，低頭看著穿著休閒褲的腿。

「我去京都處理死去男友留下來的工作業務。」

我們的對話像兩個小學生，毫無風情可言，但是內心充滿平靜。

小時候，某個人死了，只覺得他從眼前消失，自己的生活並沒有改變。如果真的是那樣，如果真能那樣自在，我和眼前的阿當可能都會輕鬆很多。

儘管軌道並不存在，但是人人都想步上軌道。

都不想偏離軌道。

大家都抱著同樣的想法。進公司、上學校、買晚餐、和朋友及戀人約會。我變成現在這樣以後才知道，那些都是自己「作」出來的生活，一旦脫離軌道，最終只能羨慕懷念地看著而已。

沒錯，此時的我如同鬼魂一般。

好懷念啊，好想和大家一樣生活。

但是我也深深覺得，有如鬼魂的生活順心愉快，更寂寞，也更接近真實，雖然每天都有身心削減的感覺，但那正是一種至高的愉悅，讓人不想回到人世。我不知道原來這種如同武士的真摯日子和普通人生可以如此緊緊相鄰。

「這棟公寓為什麼這麼破舊？」我問，

「只有你……和你母親嗎？不會是因為鬧鬼，沒人敢住？」

「已經決定要拆，住戶都搬走了。」他說。

「這裡要拆了？」我問。

「事實上應該早就拆了，但一直延後。聽說要改建，給房東女兒住，但是由於女婿一時調職，明年以前都待在名古屋，所以延後了。不管怎樣，這裡破破爛爛的，要住也住不久，但樓下還有兩個住戶，一個是只有來東京辦事時才住，另一個是街上那家麵包店老闆，把這裡當作休息室和倉庫使用。」

「是嗎……我都去那家麵包店，所以才會經過這裡。我也想租這裡的房間，現在還租得到嗎？」我不假思索便說。

「我想可以。」他很快回答。

我想，這正是他最大的優點。

通常，一般人碰到這樣的請求，多半會感到困擾、疑惑，或是因為已有女朋友、怕把持不住而惹麻煩，先回避再說。他這種瀟灑放得開的態度，讓此時的我也能輕鬆以對。

「是找站前的房屋仲介嗎？」我問。

「對，找仲介商。拆除日期延後，大概還在招租。要我幫你去問嗎？」

他淡淡地說。

「謝謝，不用。」我站起來。

我想等一下直接去找房屋仲介。

他寫了備忘錄給我，清楚寫上租金、仲介商的電話號碼和負責人等資訊。

我的生命在說，行動！行動！人生沒有遺漏，也沒有實現的目標，只有往前流動。對親密的人死去，沒有輕鬆的解決方策。只能暫時無精打采、心神黯淡，如在泥沼中掙扎地靜靜活著，直到世界恢復色彩為止。

即使如此，每天還是會有一點點的好事。例如，窗邊的花朵開得美麗，和同樣情緒低落的人在微暗的世界中這樣互相打氣。

只能像把美麗貝殼放進口袋那樣，用這樣的小事來蓄積力量。

☆

爸媽雖然擔心我在外面租房子，但似乎也覺得，無法好好說明自己已經不一樣了的我要邁開新的腳步，也是好事，很快就答應了，只是希望我時常回家看看。

我帶著少少的行李搬到那間屋子。由於只有一個旅行箱，就跟爸爸借車，自己載過去，也載了一床棉被。

阿當那晚不在。任我自便，這也是他的好處。

我躺在榻榻米房間，是嗎？這裡住著鬼魂？我和鬼魂在同個屋簷下。雖然有一點害怕，但也覺得無所謂。

那晚，照例要去新垣的店時，阿當剛好走進公寓大門。

「真的搬來啦！這麼快，有點驚訝。」

他看起來不怎麼驚訝的樣子。

「我正要去喝酒，去不去？」我問。

「現在剛好有空。」他說。

於是，兩人一起出門。這個時機是怎麼回事？明明一無期待，事情卻兀自進行。

「小夜為什麼總是穿這種男性的服裝？」

「因為我發生嚴重車禍，身上都是像科學怪人那樣的傷疤，頭上受傷的地方禿了，大概不會再長頭髮，既然這樣，乾脆都剃光。不過我還是在意有沒有型。我是美術大學畢業生，絕對不容許自己邋遢、沒有品味。但我已經放棄女人味這些想法，隨意就好。我本來就像男孩子，小時候不穿裙子，老是在外面玩，看來，我好像回到小時候了。」

記得有一次，陪洋一去舊金山參加展覽會，早晨在下榻飯店的自助餐會場，看到一個頭上長出一點點茸毛的光頭女孩。她笑著和家人一起選早餐菜色，態度自然大方。我想，那一定是剛做完化學治療的休養期間。他們一家人的臉上，就連幼小的弟弟，都和她一樣，有著下定某種決心卻巧妙調和的氛圍。

她那堅定的表情在說，我知道別人怎麼想我，但我已不在乎，只做我想做的事，因為我的人生可能很短暫。

我覺得太美了，莫名覺得也想那樣做。所以，一直留著超短的髮型。

「這麼說，你也有過女人味的時期。」阿當說。

「普通到讓你驚訝的普通女孩。」

如今已然想不起來，那個讀美術大學的女孩何在。那個喜歡電影和藝術、看遍全日本的展覽會、歸途中和朋友吃著麵包熱烈討論、腦中一直反芻展覽內容的女孩。她到底是誰？現在的我，感覺身邊之人對我的評價，在種種意義上，比較接近草間彌生，甚於是美術大學女生。

「大概現在這樣比較好，你給人這樣的感覺。」阿當說。

抬頭看著幽暗的窗口，山茶花媽媽不在。鬼魂到了晚上也要回到某個地方嗎？或者，是我有夜盲症？

「欸，讓我搞清楚好吧？你是同性戀？」

我斷然問道。

「我的心，是終極的戀母情結，但身體，基本上是同性戀。」

阿當回答，我鬆一口氣。

放心同時，牽起阿當的手。

「我放心了，如果不是，我搬過來會是個麻煩。」

「我現在沒有親密交往的戀人。」阿當說。

「我現在很想和人牽手。」我說，「渴望和別人牽手。」

阿當的手很溫暖，比我想像的小。對了，洋一的手要大得多。那個處理鐵條、強壯而柔軟的手。而我很久沒有想起這個了。

夜路突然顯得哀傷，星空變得狹窄起來。啊，就是這樣的心情，和別人牽手走路時，景色突然不再是一人份的。這在不久前還很稀鬆平常的事，此際如此叫人懷念。

終極的戀母情結，如此毫不含糊，反而讓我鬆一口氣。

這樣正直的人，或許可以成為朋友。很久沒有這樣心動了。

一個搬到媽媽鬼魂流連的公寓、每天獻上鮮花和清水的怪人，很適合現在的我。

☆

看到我帶男人過來喝酒，新垣比平常更為殷勤體貼。他免費招待我們一杯。而平常總在店裡的那個女人也不見蹤影。

我因為搬家，心情大好。搬家第一天的晚餐也該特別。今後會有什麼樣的每一天？這種無法預期的感覺最棒。

雖然是常來的店，但和不同人從不同的方向走來，原本的店看起來也不同了。

那時，覺得自己彷彿和那個彩虹世界相連了。

那個世界像果凍般滲入腦中。那個夾在生死之間的美好處所。那些日子的夢，融化混合，滲入我的日常生活。我的心還有一半留在那座彩虹橋下，坐在爺爺的摩托車上。

我知道自己靈魂的某個部分還在呼吸那裡的空氣。就像把頭半浸在美麗的海水中，一半看著陸地、一半看著水中世界。我的靈魂一直與那個彩虹世界相連。

以前的我，在洋一面前會仔細畫眉。一個人的時候總是盤腿而坐，但在他面前，會秀氣端莊地坐著。以前那個想那樣和他說話的我，感覺就像是別人，拚命裝可愛。

很多人嚮往決定性的改變，但很少人能看穿決定性改變的本質。我也一樣。希望自己變得更強。但是，改變是以近乎暴力的方式反轉時間。剛才還在的人不在了，剛才還在的東西消失了。除了自己、還在這裡，其他一切都不確定。想要感嘆，也沒有感嘆的依據，想沉浸在回憶中，也因為自己已然改變，而無從回顧。甚至不知道自己是如何改變的，只是漫無目的地改變了。

「京都真好！」

我坐在吧台前，喝著泡盛燒酒，低聲呢喃。

「雖說是去工作，但這個月可以看到京都初夏的綠。」

想到這事，高興得像做夢。

獨自搭乘新幹線，在車站前轉乘巴士，經過京都塔旁奔向他的工作室，這原本該是終極的落寞行動，然而，那像沉在湖底的感覺，挑動著我的心。越是身處在京都的美麗景色中，越是感到一種寂寞的幸福。

在東京，寂寞就只是寂寞。因為自然的景色無助於心，因為心靈無法開闊。

「既然那麼喜歡，為什麼不住京都呢？」

阿當問，

「那邊不是有房子嗎？」

「當時，實在沒有那個心情。而且還要回醫院做手術、復健什麼的，不得不留在爸媽家。而且也不知道自己是否能在京都一個人生活。現在，工作室必須歸還屋主，我也沒有留在京都的理由了，感覺很寂寞。」我說。

新垣默默聽著我們的對話，偶爾和我相視一笑。那是擁有正常肉體的活生生的人活生生的笑容。

我破例喝了三杯酒，醉醺醺地和阿當踏著夜路回去，像學生回宿舍。喝醉了，就完全無法區別鬼魂和普通人。仔細打量坐在路上的人，有的有些透明，有的受傷。對我來說，這些是夜色的一部分。喝醉後讓我變得輕鬆些，因而每天喝一杯。

「那個老闆喜歡小夜。」阿當說。

「怎麼可能！」我說。

「你這麼遲鈍，居然還可以談戀愛。」他訝異地說。

「我想也是，就那麼一次，而且，我也已經完全找不到那時的自己了。」

我說。

「人生走到那個地步，真的無能為力，不過，從現在起會好轉的。」阿當說。

柏油路面閃閃發光。好轉之路，多好的一句話。

「可是我覺得，現在已經是一條好路了！」

我說著，臉上浮現微笑。

每當我表達這種感謝的心情時，幾乎所有的人不是面露哀傷說我「勉強表現得積極」，就是說似乎是有過瀕死體驗才變得這樣。然而，不是這樣的。這種鮮活、唯有感恩的心情，和悲傷是完全不同的。

「嗯，此刻，我們正走在一條好路上！」

阿當正色地說。我確信那不是敷衍，而是心意相通、感受相同的回答。

「我的腸子受傷，腹部不能用力。」

我說，

「因此，我靜靜地活著。這樣安靜活著，總是可以看到很多事情，明白很多事情的可貴。我一直低調安靜。為了腸子，直到腸子真正忘掉傷痛為止。」

「腸子肯定會忘掉的，那不正是你的腸子嗎？」

阿當說，就像已經相處幾十年的朋友。甚至連和我那長長的腸子，也像是長久的朋友。

「話說回來，你對那個老闆感覺怎樣？」

「你真敢問，我們才見過三次面耶。」我說。

「那有什麼關係，我們住隔壁啊。」他說。

「是沒關係啦，不過……我不喜歡開酒吧的男人，時間帶亂七八糟，隨時有酒在身旁，也受女人歡迎。」我說。

「的確，從那方面來看，距離就遠了。」阿當說。

我們邊走邊聊，感覺很輕鬆。光是少了深夜回家爸媽明明擔心我、卻要假裝沒看見似的窩在他們房中的那種壓力，我的腳步輕盈起來。

我無法告訴爸媽，我為什麼有這樣的變化。既不敢說我看得見鬼魂，也沒有自信能好好說明我的內在已經質變。想到爸媽凝視我的難過眼神，就快樂不起來。惟有不依賴他們、堅持活下去的心情，才是一切的原動力。

如果還能哭喊著「媽、爸，怎麼辦、麻煩了、我變得好奇怪、我想回到小時候，」鑽到爸媽的床上，不知有多好，在深夜安靜房間的柔和燈光下。

窗外那棵從小看著的大樹依然聳立，而爸媽也像從前一樣呵護著我。

我想逃出守護我的爸媽氣息和家的氣息，就那樣消失。

可是，我沒有。我不可能這麼做。如果真的做了，今後的我再也得不到支持。

有點寂寞但飄然的自由之風，吹起我這株剛剛成熟的年輕之樹的氣息。

站在那更接近真實的地方，雖然寂寞，但是景色美麗，萬物清冽，感覺舒暢。

走到公寓時，抬頭看那扇窗，看到山茶花媽媽，微笑看著我們。

那是快樂得流下眼淚的微笑，我想，阿當能看到就好了，可惜無法如願，只好向她揮揮手。他雖然看不到，也向母親揮手。

想到他向母親揮手的心情，我有點難過。

他像察覺我的感受說：

「雖然我想照顧她，可是她還在世的時候總是不肯。」

我想到擁有肉身的沉重與喜悅。在無人的房間裡裝飾鮮花、點燃線香，心裡或許是喜悅的，但也很悲哀。

「說起來，這些事都很美。雖然如此，但我還是希望她活著。一直到人死了以後才來照顧，很悲哀。」阿當說。

我只是點頭。

新垣或許對我有點意思，但我完全無法回應，也無法擺出察覺的樣子。因為我真心覺得，相聚、喝酒而慌神，全都會連結到某種情境，而那些事在我的人生中暫時沒有也好。只要現在的生活中有某個靜置不管的東西在發酵，那就夠了。

☆

可是，現在不是悠閒扮演那種感傷女子的時候。

「吵死了，我睡不著！」

半夜三更我被自己的夢話驚醒。

然而，嘈雜的聲音絲毫不減。

公寓裡吵吵嚷嚷的。各種聲音……，就像每間屋子都住了人，而下雨的星期天午後無人外出，全都擠在公寓裡叫來叫去的那種感覺。

「這下麻煩了。」我嘀咕著。

這裡肯定是某個通道或次元的裂縫，因此他母親才能在這裡徘徊。

「你說什麼？」

阿當在門口問。

「吵死了，睡不著啦！」我說。

「習慣吧。」

他的口氣愛理不理的，一副稀鬆平常的樣子，我於是打開門。

「習慣不了吧……，這種事可不是好事。這裡是怎樣？不是單純的鬼魂公寓嗎？」我說。

我和阿當一開始講話，那些嘈雜聲就像老鼠和蟑螂一樣立刻縮回去。

「就是因為這裡不是尋常地方，所以我才能夠夢見母親，你不覺得這樣很好嗎？反正這棟公寓要拆了，在那之前，隨它去吧。當然，早點到那裡去比較好，但是得由別人做主。上面的時間感覺，一年和十年也沒多大不同。」阿當說。

「你說得對，或許真的是這樣。」

意外地，我立刻理解，而且非常理解。

沒錯，想要死去的人到天國或是依然留在身邊，那只是活著的人的想法，事實上，生死是依據更大的力量和自然的原理而運行。

「我知道了，我就試著習慣，反正已經搬來了。」我說。

「晚安。」阿當說。

我關上門，想要再次入睡時，嘈雜聲和各種氣息又出現了。與其說害怕，不如說覺得很麻煩。我不禁想，我的腦袋真的變奇怪了哪。但最後還是認了，誰叫我和奇怪的人住在奇怪的屋子裡。不過，這種豁出去的感覺反而讓我感到舒暢，不再害怕。也罷，走到哪裡算哪裡。我現在活著、心臟跳動、還在呼吸。很久沒有這樣單純的感覺了。

☆

似睡非睡中，朦朧看到山茶花媽媽的身影。長長的頭髮，非常恬靜自然，只穿著棉衫，樸實可愛，房間擺設簡單，打掃、做飯、吃飯、洗碗，過著平常生活。全心全意愛著決心共度一生的戀人。

除了微笑，幾乎看不到其他的表情，不知怎麼地，我就是知道她有張可愛的臉龐。那張面容乍看很普通樸素，但仔細看時，顯得不可思議的端正。我想，那是因為她的心一直恬靜端正吧。

夢中的我模糊想著，心靈美好的人，死了以後也在美好的地方。她站在淡紫、粉紅和藍色混合的美麗世界裡。

我想著「對了，還不知道阿當的工作」，又沉入睡眠的幽暗中，就在那幽暗中，第一次夢到死後的洋一。

洋一在京都的工作室裡畫著作品設計圖，那只有他懂的素描。我像往常一樣，望著他魁梧的身材、靈巧粗壯的手指和蓬亂的頭髮。

我訝異自己在那裡。

洋一轉過頭來，臉上的神情非常美，煥發颯爽的光芒。

「不是叫你別把鐵條堆在車上嗎？」我說，很想融入夢中的自己身體裡。

「好不容易第一次在夢中相見，想說的話應該很多哪。你在那裡好嗎？」

他露出說「對不起」的令人懷念表情，我再次沉入睡眠中。

只記得他背後的窗外，充滿京都的光與綠，一大片只要那些山脈在附近就一無所懼的景色。

這是怎麼回事？我在夢中為鐵條的事情生氣，同時又充滿誠心對他說謝謝後的心情。胸口深處像蘇打水冒著氣泡般不斷湧出陣陣的愉悅感，將刻在心裡、臉上和腦中的悲傷汙垢都沖刷出來。

我慨嘆「竟然還有這些東西」，許多汙泥似的東西浮起、流走。

在晨曦中醒來時，我想著：

剛才的一切都是暗示嗎……，一切都如此含混不清。

而且沒和洋一好好說上話，儘管這麼難得夢見他。

算了，或許這就是暗示。因為是暗示，所有訊息都無法完整拼湊，只能以像在拼圖的心情活下去。

☆

意外得知阿當的工作內容。

那是搬家第三天的晚上，去新垣那裡喝酒。

由於第二天夜裡也是嘈雜喧鬧聲充耳，以致睡眠不足。山茶花媽媽和洋一都沒有出現，片片斷斷的夢境變成閃閃發光的碎屑，一直飄浮在房間中。

儘管如此，在晨光中醒來，我仍然感到自己汲取到一些養分。我已經習慣，就像住在高速公路旁邊的人習慣車聲一樣。

我有睽違許久的休息充電感覺。

我甚至覺得，我的恢復肯定不是在這個世界的空氣中進行，那樣也好。

我回家拿衣服，回租屋處時順路去酒吧。

「怎麼，要去旅行？」

新垣看著我的大行李說。

「只是去京都。還有一些要帶去新住處的東西，不知不覺就裝了這麼多。」

我笑著說。

「上次那個是男朋友？」

新垣把一杯ORION啤酒放在吧台上。

「他是同志。」我說。

這時，新垣出現意外的反應。

他突然哭起來。

我太過驚訝，就像看著慢動作般靜靜凝視一切。

他眼中積滿淚水，隔了一會兒，他才注意到，用手背使勁抹掉。這讓人心頭一震的動物般動作。

「我這是怎麼了？」他說，「對不起，大概累了。」

沖繩人特有的大眼睛裡含著淚水，光是這點就很不尋常，我的心大為感動。車禍以來第一次如此感動。

我不是喜歡他，但是依賴他。

我不想縮短我和他之間的距離，但也無意永遠保持現況。

我最喜歡他的是，雖然從事夜晚性質的工作，卻沒有陷入夜世界的泥沼中。因為想與人們相見而開開心心開店，但自己幾乎不喝酒。我覺得他這種分得清清楚楚的感覺很好。

「他以前在三軒茶屋那裡開了家店，現在可能還是。」

新垣用毛巾使勁擦著臉。

「噢？我不知道。」我說。

「好像他開的就是傳說中的屋頂溫室酒吧。到處是植物，非常寬敞……，那家店現在可能還在。我在業界報紙上看過，也去過幾次，我想應該沒有錯。」新垣說。

那樣愣頭愣腦的人有可能做生意或開店嗎？實在難以相信。他晚睡晚起，整理母親的房間，更換鮮花和清水，然後出門，就是去那家店嗎？

我感到種種不安，我表面保持平靜，內心不知所措。

☆

我匆匆回到租屋處，放下裝衣服的大袋子，打開窗戶。

把衣服攤在剛剛住進的屋子裡，感覺一切變得如此自由。儘管這是件小事，但是非常重要。

我想起一個和同居人分開後的女孩曾經說過，忍不住想看到自己買的杯子放在自己的空間裡。

我聽她這麼說時，心裡還想，那種小事值得這麼慎重其事嗎?!現在才明白那種心情。

有家是幸福的，爸媽誠心接納沒有容身之處的我，讓我深深感激。嘗過一次明天起突然無處可去的滋味後，不能不感謝無條件接納我的爸媽。車禍之後，如果我是一個人，能夠安然活下來嗎？

心裡雖然這麼想，但還是希望擁有一個自己的空間。

這願望突然實現，我反而呆愣。

窗外有柏油路。任何人尋常走過的普通道路。街燈朦朧照著道路。

遠處傳來淺淺的車聲。

牆壁緊貼著隔壁公寓的牆，窗戶旁邊，就是隔壁公寓的窗戶。打開窗戶，探出頭去，聽見很像貓叫的聲音，難道又連接到幽冥世界嗎?仔細再聽，是男女性愛的聲音。不知道是真槍實彈？還是有人在看ＡＶ？女人激情喘息。我茫然聽著，感到無邊的寂寞。在已經不需要任何人的感覺中，沒有什麼能挑起慾望，牆壁之間的響聲動靜，也只突顯我在夜晚窗邊的孤獨。

寂寞啊……，我小聲呢喃。

心裡猛然湧現物理性的孤寂。

那和真正的寂寞並不相同。我雖然失去一個重要的人，但不是被他嫌棄而失去，家人愛我，爺爺甚至到那個天國之界接我重返人間，心愛的狗也凝望著我，我還交了新的朋友（雖然只有三個，其中一個還是鬼魂），這些都很好啊！我腦中浮現那些人的面容，充滿依戀。

我天性散漫，但仍想拚命生活、回報大家和這個世界。

洋一的朋友和打工的美大學弟們都在京都，而老家的朋友看到我變得太多，認為我因頭部受傷、喪失記憶，他們的不知所措讓我卻步，因而最近只和新垣接觸，然而這情況正在漸漸改變。一切都在轉變流動。這麼一想，心裡頓時輕鬆起來，隔壁女人的氣喘吁吁，也變成是可愛的背景音樂。會感到孤獨，可能是在排除一切的狀態下，把自己也排除了吧。

想來他們做完愛後，肯定會喝杯茶或酒，呼呼睡去，人都是一樣的，是可愛的生物。

死亡的分量並非與年歲俱增，死亡一直在身邊，只是死亡的回憶增加了。那更突顯了「自己很安全」的錯覺。

不要逃避，當我想到不要逃避時，才恍然明白被說「掉了魂」的意思。這種熟悉死亡的感覺，非常類似夜晚獨自在旅店時完全忘掉自己身世背景的孤獨感。

☆

我吃著代替晚飯的大蒜法國麵包和小黃瓜，就連舒服伸腿的動作，也感到亢奮。

許久不曾這樣一個人生活，在家裡時多少有點顧忌，但在這裡，可以一邊亂吃東西，一邊開筆電。

我上網查尋，阿當確實經營一家叫做「山茶花」的溫室酒吧。好像就在他家樓頂的溫室。照片上，吧台在香蕉、仙人掌和蘭花交織如密林的古怪陰暗空間中，他站在裡面。

他母親過世後，他的名字突然不再出現在網頁上。

「山茶花」還在，現在的店長是和他共同經營的西方北風，這名字確實是他姊姊。網頁上寫著只在周末營業。

犯睏的我直接往後一倒，坐墊擱在肚皮上，意識迷糊起來。在家裡，我的作息時間也不太正常，這種完全不在意時間和怎麼睡覺的情況，很適合在這個奇怪場所、老是做奇怪的夢、睡眠也淺的我。

混和了死者的靈魂、願望和祈禱碎片的夜晚空氣，沉重無比。然而如果每個人都分擔一點，這重負自然而然會減輕。當我們死了，這重負也會分擔給身邊的人。我只想作為生物而生、作為生物而死。不需要太大的夢想。

想著想著睡著時，山茶花媽媽又來到夢中。

她坐在榻榻米上，伸著兩腿，襪底有一點髒，膝蓋有皺紋，讓人想起既不是人偶也不是鬼魂，而是活生生女人時候的她。

我跟她說了一些話，但在夢中，那部分模糊不清，只想著生與死的交界何在。那個交界處存在著，在天堂，在地獄，也在夢中。

然後，我夢到京都。

或許住在京都的人並不知曉，京都是個處處都像夢中世界的地方。那兒隱藏著好幾個接近彼岸之處。

這座城市懷抱著同等分量的光亮與黑暗，因而它的美富含深度。就如同路上隨時可見濃綠色澤的山脈般，他的側臉和背影的對面，都有京都。我們一起度過的時光，是京都的時光。北上不遠，是鴨川風景開闊之處。黃昏時，暮色從河面靜靜擴散。城市籠罩在一片金光中，然後，一天結束。那是雨水滋長樹木、充滿自然風物之處。同時也是一座隨時可能遭難、到處可能殞命的森然恐怖之都。

因此，流過在那裡從事創作的他身上的時光，肯定也是夜晚時絕對黑暗毫無預警突然降臨的時光。那個在被時間追趕以前，時間即和自然變化一起逼近而來的地方。

我好幾次夢到打包行李，前往車站。

也在夢中聽到爺爺說話。

年輕時在加州山中的公社過著嬉皮生活的爺爺，以前常應大學之邀，去開特別講座，或被NPO的人請去談嬉皮生活。他的聲音就和當時一樣清亮。

「就和順勢療法啦、預防接種啦一樣。是小夜的本能知道自己生命垂危，判斷微妙混融這邊的世界和那邊的世界比較安全。所以，現在是在混融的狀態中，不久之後，隨著身上的破洞都補好、也恢復健康時，就會回到普通生活的世界了。到時，你會非常懷念現在這個奇怪的時期。這個時期的經驗會支持小夜一輩子。所以，享受就好。想著這是現在才有的有趣時期，好好享受吧。」

我拚命反駁，爺爺，我肚子上的洞早已補好了。

「身上有洞，是身體周遭那些看不見的物質也出現缺損，有時候，那些洞經過很長的時間也補不好。」

爺爺又說：

「感到不安，是肚子有洞的人的特徵。去看夏目漱石後半生寫的小說，那些看似外在緊逼而來的緊張不安，其實是身體裡面的內臟感到不安。但因為內與外是一體的，所以，人自己搞混了。沒有了肉身後再看就很清楚。」

我竟然理解了。夢中場景變成以前和爺爺燒起火堆的畫面。

我的臉和爺爺的臉都被火光照得通紅，像照燒豬肉的顏色。黑暗的院子裡，橘色火焰熊熊燃燒，有著永遠的愛戀似乎存在其中的不可思議亢奮感。變化多端的火焰形狀做出瞬間的承諾後隨即消失。我專心等著地瓜烤熟，但感覺真正等待的並不是烤地瓜。我等著告一段落。我急著看到結果。更想看到火是如何熄滅。想知道四周再度暗下來時是否突然聽到樹木蕭蕭的聲音？

「在空無一物的地方燃起火苗，熊熊燃燒後，消失不見，變成木炭和灰燼。換到任何事情，都是同樣的過程。盡可能堅持全部過程。不要急著往前看結果。要堅持一步步走到底。」

爺爺說。

☆

「喝不喝咖啡？」

聽到阿當在門外問，我醒過來。

「聲音聽起來就像在耳邊。」我說。

「因為牆壁和門板都很薄。」

他笑著說。咖啡香從門縫飄進來。

「謝謝……我要喝。」

我滾到門邊開門，仰望拿著咖啡壺的他。

「這個屋子太吵了，睡眠都很淺。」我說。

彷彿睡眠不足造成的幻覺狀態，又像是夢境的延長，一切都有飄飄然的幸福感。在源源不絕的厚重空氣、耀眼四射的晨光中，沒有不動的東西。

「沒錯，漸漸變得虛弱。那樣很好。現在這個時期，就是要變得稀薄虛弱，才能看清能否從中再生。如果能再生，就要像我一樣堅強。」

他笑著說。

「任何事情，還是別拿自己實驗比較好吧。」

我說。站起來。

他拎著兩個杯子進來，我們就地而坐，喝著咖啡，吃著昨天剩下的大蒜法國麵包。早晨的陽光普照下，所有的城市都一樣美麗光亮，許多事物全都被強行帶去昨日的世界。早晨還會再來，是多麼美好的事！只要活著，早晨就會來臨，多麼像夢一樣的系統啊！人類想出的再美好事物，都遠遠不及這股力量。除了強行帶來光明外，沒有方法能讓一切重來或抵銷。投入它的懷抱，只要有生命，必定能生存下去。太陽實在太好了，令人感動。

「我要去京都幾天，不在家哦。」我說。

「是嗎？那，最後一晚我到京都跟你會合。好想吃糠糬料理啦、生內臟啦、余志屋啦，那一帶不那麼貴的店。神馬也不錯，想吃那裡的炸牛排。」

阿當輕快地說。不愧是做餐飲的，對京都的廉價美食店瞭如指掌。啊，他是真的想去玩，還有同樣分量的關心。多麼好的平衡啊！多麼親切的人啊！

我對別人也能夠這樣體貼嗎？在墜落到最深最深的底層以前，我不是害怕又害怕得什麼都看不見的活著嗎？

我喝著咖啡，莫名想起夢中的爺爺說，在最深最深的底層，人們不急著看到未來，所以能夠體貼他人。

我突然問：「欸，你和女生做愛過嗎？」

「什麼話！你要我強暴你嗎？大清早的？如果一定要，也不是不行，不過，最好還是避免……。」

他睜大眼睛看著我。

「不行啦。我下腹部被鐵條刺穿過，機能上，現在還不能做那件事，如果做了，會流很多血死掉。」

這當然是謊話，只是車禍後偶爾有人想釣我時，我都這麼說，像亮出最後的王牌。這世上確實有些男孩就愛迷戀可憐的女子。

早晨的陽光、咖啡的香味，這些因活著而感到的味覺是那麼深刻，我垂下眼睛。看到自己長長的睫毛，想起塗睫毛膏的年輕時光。

「那就嚴重了……，對了，回答你，我有過。」阿當說。

「究竟是什麼狀況？我很有興趣。」我說。

「姊姊的朋友在她屋裡開Party，我混到裡頭，一起喝得爛醉，那時我十五歲左右吧。擠在一張大床上睡覺，天快亮時玩起來，三個大美人輪流教我。因為都是美女，我好整以暇慢慢來，很美的感覺，像做夢一樣。」

他露出神往的表情。

「我知道這種事情不會常常發生，是個奇蹟，要是哪一天和這些人在路上相遇時，也會裝作互不認識，我如果擺出還想再來一次的表情，她們只會冷笑而去。因此，我知道只有當下。太美了。很棒的體驗。」

「在六〇年代度過青春期時光的父母，他們的小孩，對浪漫愛情總是抱有強迫觀念。」我說。

「有噢，因為父母那一輩到死都是那樣，真心想遇到一個能持續愛戀的人。」

阿當說，

「我對女人已經敬謝不敏，怎麼想都覺得跟男人交往做愛比較輕鬆愉快，我喜歡那樣。開店讓我增添一點人氣，但是生活糜爛，身體和工作就毀了，所以，我喜歡現在這個樣子，勝過以前狼吞虎嚥的時代。我喜歡此刻眼前的咖啡和景色，勝過夢想還沒遇見的浪漫愛情。我喜歡今天發生的事情，喜歡供養過世母親的每一天。我也喜歡蓄積力量，做好離開這裡展開新人生的準備。我喜歡相信即使這裡不在了，而那時候的我總有辦法做點什麼的感覺。」

「嗯、嗯，我瞭解。在那個時候，為所當為的心情最重要，我也這麼認為。雖然在瀕臨死亡時不是這樣，但我醒來後就這樣了。」我說。

「你一定是睡了很久很久，好好地歇息了一場，在一個好地方。」

他笑著說。

他的睫毛在陽光中美麗地垂下。

榻榻米的味道涼爽。

為什麼？在那既非男友、也不是戀愛備胎、總是淡漠但是體貼的男子想起初體驗的氣氛包圍中，在那微微浮起微笑的溫馨幸福空氣中，有著我心中唯一連接到未來的東西。

完全不可期待的他，性格隨遇而安，一點也靠不住。但是，咖啡杯對面的他，那微微揚起的嘴角，睡得東翹西翹的頭髮，舒適伸出的腿，似乎就是希望本身。

我不知道那會連接到什麼，什麼也沒連接的可能性也很大。

即使如此，他腦中的快樂，也讓這一瞬間的我快樂。

當我因沒能受孕而頹喪的時候，即使看到抱著嬰兒的新婚夫妻，也不曾嫉妒過。

為什麼呢？因為他們不是我，嬰兒也不是我的嬰兒。

我認為，會嫉妒別人的人，是從父母那裡遺傳到了嫉妒的習性。而我，不論處在何種境遇，幸福感和嬰兒都無條件地帶給我力量。在我最脆弱的時候，我尤其感激爸媽沒有把我洗腦成有嫉妒習性的人。

我總覺得，人們心中的美好景色，能夠帶給別人很大的力量。

☆

阿當帶我去他的溫室酒吧，在我已經習慣一個人生活和屋中嘈雜後的周末。那天本來想回家，想家的心情讓我有點感傷，能夠在許多植物圍繞中放鬆，值得慶幸。

溫室裡適度的潮濕，對我感傷的心情，恰到好處。

一大片綠意籠罩蒸騰的味道，彷如身在颱風來臨前的雨林中。

客人在樹蔭下的小桌子、中央的吧台前，各自拿著飲料。

酷似山茶花媽媽幽靈的酒保是他姊姊。

但是她和鬼魂不一樣，有著肌肉健康的手臂，色澤鮮艷的豐唇，俐落拿起酒杯，或是快速搖動調酒器。

活著，就有這樣的不同，讓人感到淡淡的甜美。

新鮮的肉身……，像剛摘下的西瓜，像桃子。

溫室裡有很多綠樹和泥土，卻非常整潔，客人也都低聲交談，爵士樂輕聲播放，像是夢中出現的美麗叢林。

這麼多人在一起，都在說著話，卻不覺聒噪。

那是因為每個人都散發出美好的心情。一種在這裡很愉快、分享祕密也很快樂的心情。

「很好的店。」我說。

「這是因為經營者也很期待。由於有限定時間，才能真正燃起熱情，時時都在積極準備迎接周末，就像暑假時海邊的店家那種感覺。」
姊姊聲音有點沙啞，笑著說。
「北風姊和照片中的母親一模一樣。」
我實在不敢說我親眼（是親眼嗎？）看到她的母親。
「她真的是個好媽媽。」
北風說，
「弟弟會有戀母情結也不無道理。直到現在，想到媽媽不在了，我還會難過得受不了，像小孩一樣半夜哭泣。」
「能夠讓你們那樣想念，實在不簡單，你母親很幸福。」我說。
「謝謝你。當然，媽媽也是人，她會焦躁、會生氣、會拉肚子、來月經，也會談戀愛。然而，她是那種時時刻刻都對一切心存感激的人，不論什麼時候都快快樂樂的，不論在哪裡，都喜歡看著窗外，真心地說，活著就是一種快樂，感恩哪。那不是遇到好事或有意外之財時的勉強感謝，而是自然發乎內心的謝意，我不會形容，但她就是那樣的人。」

北風爽快地回答。

「不知怎的，我就知道你們是那種性格的人的孩子。」我說。

濃綠的氣息和潮濕的夜風更讓我心情難以言說。

阿當在碩大的蘇鐵葉子另一側，和老顧客高聲談笑。只有那個模樣，不像是繼承母親遺志，而是如流動般自然、如吹口哨般灑脫地向這個世界獻上感謝的祈禱。

倖存下來後，我一直感覺到的就是那樣的東西。

或許，我的狀況一點也不好。

但是，在那個世界的彩虹光芒留在我眼睛深處時，一切都變得意義深遠，正因為眾人的善意關懷如此遙遠，正因為我依靠不到，所以那個內心裡的感受如夜景般，在遠處展開、觸摸不到，異常美麗。

正因為沒有依賴的心情，我才能夠感謝爸媽，讓我活下來，接受我活著。

那不是宗教的心情，也不是他被奪走的恨意昇華。

接觸到絕對的生死力量時，確實覺得一切都很渺小，但不只如此。

在這樣美麗的狀態中，有思考醜陋的自由。美麗的商店必然有垃圾堆，有討厭的客人。喝了酒，心情微醺愉快，但喝得過量，就看到地獄。既然有天堂，就必定藏著同等分量的地獄。

明知有這一體兩面，還是輕率涉入……儘管失態掙扎、鼻腔進水、噁心嘔吐、骨折、醉倒、口吐咒罵，仍然期待能夠維持平衡看到什麼的瞬間到來……，能夠暫時置身在擁有這全部事物的大地之中，我單純覺得，太奢侈了。

☆

身在心想「以後還能再來幾次呢？」的京都工作室裡，空氣中飄散著灰塵的味道。

起初還會讓我難過的他的氣息，已經完全消失。

我在中午抵達，打開窗戶，流通空氣。

初夏午後的京都，與清涼的群山風景相反，非常悶熱。但還是有點風，我流了些汗。

我望著天空，又茫然想著同一件事，人死，是怎麼回事？

再也見不到了、突然不見了、碰觸不到了、身體沒有了……，每一樣都不符合我，因為我還活著。

什麼事情最能撫慰這種狀態呢？是時間？遲鈍？還是新的事件？

洋一留下來的大件作品，下午將送到和倉儲公司合作的運輸公司。由於作品有突出的角，打包困難，只好先拆解，分別打包後用吊車從窗戶卸下去，裝上卡車，送到都內沿海的美術專門倉庫保管。

等作品送達後完成檢查時，我再去倉庫，和洋一母親進行最後的確認。以後若要設置在別的地方時，再從東京運出即可。我和洋一母親像共同經營公司般，數度聯絡，一起行動，也很快樂。

「感覺空蕩蕩的。」以前偶爾來幫忙的年輕美大學弟、如今在別處擔任助理的大崎君說。我請他來幫忙運出作品。

「去吃點什麼吧？」我問。

「我買了麵包。」他說。

「我剛才在轉角商店買了豆花，就拿那個和麵包當午餐吧？也有杯湯。」我說。

「聽起來好像不錯。」他說。

我們把報紙攤在地板上，燒了開水，吃著簡單的午餐。好懷念這種一邊工作一邊吃午餐的感覺。以前，經常和洋一及大崎君這樣坐在地板上，配著熱騰騰的焙茶吃東西。此刻，雖然洋一不在，眼前也沒有他創作的作品，但氣氛和當時一樣不變。

「辦個Party之類的吧？」大崎君說。

「為什麼？」我問。

「辦個結束這個工作室的Party，放點音樂，喝喝酒，擺上洋一兄的作品，吃點簡單的東西。因為，如果不舉行一個告別儀式，這個屋子可能遷怒下一個房客。而且，大家還沒有和洋一兄分開的感覺。」

大崎君說。我點點頭。

「啊，聽起來不錯。我來辦。我曾經在義大利餐廳做過幾年，義式大蒜吐司、千層麵都會做。把幫忙過的人都請來。」

「好，我來聯絡幫忙過的人、附近鄰居、洋一兄的父母、還有畫廊的人。」

大崎君說。

「可是沒有作品耶。」

我笑笑。

「院子的那個拿進來就行了。」

他說。那是搬來時做為贈禮，設置在院子裡的作品。

「不重嗎？」

「有三個男生就有辦法，可以解體後，放在房間正中央。」

「放在房間正中央嗎？」

「正中央那個小桌子怎麼辦？」

「那是洋一隨手做的，他還開玩笑說，雕了一個小夜之愛，所以，就送去我家吧。」

「是紀念品哩。」

「是啊，紀念品，只屬於我的。」我笑著說。

「洋一兄只要有鐵條和木頭，什麼都可以創作出來。」

「棚架啦、椅子啦、還有腳踏車停放架。」

對談之中，像溫柔的雨絲飄飄落下，心也平靜下來。「當下就是當下」的魔法，不斷地溫柔降下。

「我上個禮拜更換了使用多年的手機桌布。」我說。

「換了什麼？」大崎君問。

「我家附近的雜種狗。牠生了小狗。雖然是我爸媽在養，但我也常常回家看看，喜歡極了。以前養的狗死掉後，爸媽傷心得說以後再也不養狗，但小狗生下來後，問他們怎麼樣，他們立刻改變心意，要來一隻，我也很高興能有小狗，所以拍下那隻母狗，不知不覺成了桌布。」我說。

「以前當然是……」

大崎君看著我的眼睛。於是我回答：

「沒錯，是和洋一的合照。我自己也嚇一跳，什麼時候那麼自然地變成狗的照片了。」

「時光飛逝。」

他笑著說。很可愛的笑容。

「你最近創作什麼？」

我改變話題。

「我現在迷蝕刻，非常有趣，幾乎都住在學校裡。」他說。

「真好，我也想再當一次美術大學的學生。」

我也想和洋一過得更久一點，早知道離別來得這樣快，應該在更早以前就結婚生子，早早厭倦生活。

「我有女朋友，所以，絕對不是為了追你才說。小夜現在比以前更是個好女人。」大崎君說。

「這是安慰嗎？」

我笑了。

「不是，我想洋一兄也知道小夜的真正模樣。」他說，「他是能夠準確掌握本質的人。」

「唉，我認為他是知道的。」

我說。

「如果從以前就這樣悠哉活著，多好啊。可惜我一直以為，讓父母放心、在學校和打工地方表現得很容易融入環境，謹慎發言，才不會突顯自己，也比較能夠自由行動。」

我沒有繼續說下去，自從能夠窺見鬼魂仍帶著生前的氣息徘徊嘆息後，我越發覺得，活著時能省略的盡量省略。

我想像死後不能往生極樂世界的自己，穿著不喜歡的衣服，以混入街景的模樣徘徊，心想，錯過了往生極樂世界的契機，更無法見到洋一了。好想豎起讓人知道是我的靈魂顏色旗子，再和爺爺、愛犬，以及洋一見一面。

雖然這世上沒有人知道自己能活到什麼時候，但我認為，人活著，就如同悠游在無盡的慈悲中。我走路時會踩死螞蟻。人類也以這種概率死去。如果是這樣，現在吃著清甜豆花的我，是多麼備受恩寵啊。雖然只有當下這一刻，但何其豐盛！

「煮咖啡吧？」大崎君問。

「好啊，濃一點。」我說。

僅僅洋一不在了，其他照舊如前，彷彿時間倒回。

這間曾經擠滿夢想、活力、閒聊、專注、鐵精靈的氣息，以及他腦中成形的創意漩渦等種種生命元氣的工作室。

明明已是空無一物的屋子裡，但感覺充塞得滿滿的。

「京都這邊的朋友可別說我：怎麼變成那種連腦漿都像肌肉一樣硬綳綳的女人呢？忘了洋一嗎？」我說。

「不會的。倒是東京那邊的別說吧！」大崎君說，「因為，所有助理和附近的人都最喜歡你們了。」

「是嗎？」我說，「離開京都，好寂寞。」

「大家也捨不得小夜和洋一兄。」

大崎君說。咖啡機傳來咕嘟、咕嘟的悅耳聲響，飄出咖啡香味。那個聲響就像是溫柔的祈禱。

我和洋一的種種過去、洋一工作的白晝夜晚、愉快、不悅、吃的、喝的、奔跑、笑鬧，所有的氣息都飄然而返。既像美麗的煙霧，也像尖銳的叉子，用力戳開此際的空間，把人帶回過去的舊夢中。正因為京都充滿這樣的氣息，所以來去容易。

「下回洋一的作品需要人手時，你也能來幫忙嗎？」我問。

「當然，人手不夠時，上打工網站找，需要多少人都沒問題。」

大崎君一副理所當然的表情。

我失去了心愛的人才知道，別人的善意，即使只在這樣的時刻，也確實淡淡溫柔地存在。那個迫切想要時未必能得到的東西。

此刻我的眼睛，能夠看見一點不同的東西。

能夠看見以前看不到的東西。

洋一的小件作品中，有著燭火似的美麗光芒。不知道為什麼，我和大崎君的胸口，也亮著同樣的光。走出這裡後就消失不見？還是一直亮著？我不知道。

它是綠色的，非常清淺美麗，像是某種生命。

如果最後離開這裡時真的辦個Party，這個光大概會在相聚於此的每個人胸前閃亮，像螢火蟲在屋中繞飛。

我會做幾道菜，大家拿著酒杯，訴說各自對洋一的回憶。我們會凝望窗外的大文字山。悠悠分享各自對一個時代結束的感慨。

那不是為了用美食醇酒填滿胃袋的聚會。是為了聚集那個光的聚會。

我無法不覺得，……洋一所做的事情，意義就在於，藝術的生命是從「無」創造出「有」。

縱使那是像螢火蟲的微弱光芒，但它有生命，絕對不會消失。

「現在一個人住？」大崎君問。

「對，住在有鬼的公寓裡。」我笑說。

「有現身嗎？」

大崎君的表情有點嫌惡。

「嗯，總是同一個女人，我甚至以為她只是單純的住戶。」

我笑著。大崎說，

「小夜究竟會變得怎樣呢？」

「會變得怎樣呢？」

這句話滲入即將告別的屋子裡。

我在心裡想著，謝謝你過去的照顧，我要出發了。感覺遠處的大文字山對我用力點頭。

☆

「我在車站的京都塔這邊，是往銀閣寺走呢？還是上賀茂神社？」

聽到手機裡的阿當聲音，我嚇一跳。

「你真的來啦？」

「我真的來了。」他淡淡地說。

該怎麼形容他那種稀鬆平常的語氣呢？他是真的已無所關注？心中擁有寬闊的空間？我在不在都無所謂？他是如此輕鬆自在。我不曾體驗過這種感覺。勉強要說的話，好像待在洋一的室外作品旁邊時。好像得到了自由那樣。好像身在某人死去、我的身體如何這些事情全都抽離的天空下……。

這麼想時，一個不可思議的單字閃過腦中。

「就像那個時候，對，就像死的時候一樣。」

真是討厭哪，我想。

認識他以後，我這麼認為，當某個人的心自由時，也會讓別人自由，但還需要非比尋常的不在乎和堅強。

「呃，往上賀茂神社這邊過來，到神社前再打電話。」

就像當時一樣，和某個人漫步京都，一起吃飯，一起看晚霞。我沒想到這樣的時刻還會重來。我們的關係不像我對大崎君那樣必須謹慎以待，鬆鬆散散得不必在意。

神社的參拜時間已經結束，柵欄前有兩堆尖尖的盛砂，像現代藝術般堂而皇之展現那完美的形狀。

阿當突然站起來，「我想散步。」

我知道自己露出奇怪的笑容。

我瞇著眼睛，嘴角微微上揚，露出一點點笑意，像可愛的家犬。

「怎麼了？」阿當問。

「就散步吧。河邊好嗎？山裡？還是街上？」我問。

「這些選項都有，真好。」他說，「你為什麼那樣笑？」

「因為高興你來這裡，也高興我確實在東京好好地生活。」

「去哪裡？現在吃飯還早。」

「去澡堂嗎？還是可以伸展四肢的溫泉？」我說。

「溫泉，好啊！」他說。

我打電話給住在附近的學弟，借來大家都開的那輛舊VITZ。學弟也是大崎君的朋友，很快把車子開來。

我開著車，奔向久已不去的鞍馬溫泉那條路，特地經過貴船，順便為他介紹周邊風光。

「這裡不是小夜發生車禍的地方嗎？」

他的聲音格外清晰。

「嗯，不過，沒事了，我也必須撿回靈魂不可。」我笑著說。

我很快通過那個地方。他死亡的地方，我前世結束的地方。敞開車窗，聽見悅耳的流水聲，照不到很多陽光、但空氣清新的河岸，散發出夏天時很多人在河床上的氣息。

當然，在那裡，什麼事也沒發生，只是呼嘯而過。

那一瞬間，多麼暢快。

對現在的我來說，這是再好不過了。

如果洋一能夠回來，如果時間能夠倒回，我什麼都願意去做，真的什麼都願意。光是這麼想，我就想哭。

然而，既然這是不可能的，我就喜歡現在的我，喜歡現在的生活。靈魂沒有回歸也罷，只要能夠，我希望我愛的人都能享盡天年。即使不能見面、散居世界各地，我都希望他們盡量度過更多的美好時光。

我已經沒問題了，足以在無魂的狀況下活著，現在這樣很好，現在的我也很好。只要設法改變，感覺也不差。人生本來就很多含糊不清的事情，不明確的狀況也滿滿都是，因此才想在自己的能力範圍內減少這些不確定的東西。我已經厭煩去給或要多一些。能夠多一天不想這些事情而活，是我由衷的唯一希望。

我很高興自己沒有歡喜也沒有悲傷，能夠再次看著懷念的景色。

鞍馬溫泉在非常濃密的綠蔭中。泡在溫泉裡，放眼四望，到處都是山，眼睛可以好好休息。向陽處很熱，當時的回憶絲毫沒有甦醒。或許是我帶著第一次來訪的觀光客的關係，眼睛忙著吸收綠色，像吸取養分一樣。

我覺得自己過得很好。只有和那天一樣在溫泉大廳碰面時看到阿當等候的姿勢而不自覺想起洋一的那一刻，心裡突然湧起一股悲哀，然而以為再也不會來鞍馬溫泉的悲傷已然消失。歸途沒有經過貴船，而是直往鴨川。

今日之旅反而讓我的人生增加了一個新的回憶。

晚上，如阿當希望的，去木屋町吃糠糬料理。他訂了旅館，回旅館去住，而我還有一些業務要處理，去住工作室。這個時候不說「留下吧」，他的懂事，又令我感動。

肚子裝滿糰糬料理，漫步高瀨川畔，受到阿當心情的帶動，我的心情也像觀光客一樣開朗。以嶄新心情和前不久認識的朋友一起散步的京都，已經在我心中開始轉變。

☆

阿當白天去看朋友，傍晚時我們在銀閣寺碰面，去爬我和洋一散步路徑的大文字山。

從銀閣寺後門進去，緩緩上坡，最後是長長的陡峭階梯，悠閒慢走，一個小時左右才走到大文字的「大」字旁邊。我們坐在中元節焚火時的點火台上，俯瞰京都。

大口喝水，凝望街景。那邊是同志社的綠蔭，那邊的山上有「法」字的火床，兩人指指點點，享受金色陽光籠罩的城市即將沉入黑暗前的時刻。風吹涼了汗水。

「從這個美麗的高處俯瞰街景時，我不禁想到，如果小夜比他先死，那會怎樣？」阿當突然說。

「嗯，我也時常在想這件事。」我說。

「如果，他和某個可愛的女孩結婚，有了可愛的孩子，你在天堂看到時，會不會懊惱？告訴我你真正的心聲。」

阿當一股腦說完，但神情很認真。我也不禁好奇，他的私生活究竟發生了什麼事？我回答說：

「嗯，我也常想到那些。不過，我真心覺得，反過來也不錯。」

「反過來？」阿當問。

「如果洋一因為我的死而變得哀傷陰鬱，不和別人結婚，身邊只放我的照片和紀念品，拒絕女孩子的約會，下班後直接回家，自己做飯自己吃，獨自睡覺……，雖然不太可能，但我想過他會這樣。」我說。

「是我的話，會很高興他這樣！」阿當笑說。

我繼續說：

「起初我也是這麼想，有一種瞬間的黑色喜悅。可是，越想越不快樂。因為在那種日子中被想起的我，令人很不舒服。因為肚子這邊被鐵條刺穿，我對腹部用力很敏感。」

「腹部是第二個大腦。」

阿當直直看著我的肚子說。眼前是一無遮擋的山脈陡坡和深濃綠色，我再次覺得，有人同在京都，真好！

「於是，我又試著去想，如果他和某個年輕的女孩結婚，有了小孩，每天享受佳餚美食，身體發福，積極創作，幾乎沒有想起我，我確實會不高興。可是只要在那樣的生活中偶爾想起我時，他是以最愉悅的表情想起我最好的地方，他會有點傷心，望著天空，向上帝祈求讓我在一個好地方。那或許只是很短的時間，但比起以悲傷心情想起永遠處在悲痛瞬間的我，還是好多了。」我說。

「也就是說，那是為了你靈魂的養分。在海灣大橋上，如果看到流星，請再次呼喚，我的名字。」他說。

「沒錯、沒錯，好懷念啊！柳喬治。那首歌真的好棒。」我笑著說。

「無風的夜晚，當城市的小小天空，雲朵飄過，請為我歌唱。」阿當繼續說。

「要是平常聽人這樣說，會有一種被愚弄的感覺，奇怪的是，你不會給我那種感覺。因為我很喜歡那首歌。我經常在出町柳的橋上看著河水想起這首歌。那種感覺，和我、和他，都很契合。」我說。

「因為人早晚會分開。早晚有一天。」

我真心而坦然地接受他話語表面的意涵。

洋一喜歡李歐納·柯恩和美國音樂，幾乎不聽日本歌，阿當記得那麼難得聽到的歌，我有一點高興。

窮困潦倒的我，唯一的夢想是，不要把我埋在幽暗的土裡。

我們合聲而唱。

其他登山客以為我們是情侶快樂約會，咧嘴而笑，偷眼相望。

沒有人理解也無所謂，因為我也不理解自己在做什麼。

我想，對他們而言，這是一種非常溫柔的心情。與這心情一樣的溫柔的風，輕輕吹著。

我想擁抱眼下遼闊的京都城市，天空似乎很近，我感受到那一份幸福的好心情。

☆

早上，獨自待在屋裡時，就連這有鬼公寓金山莊也靜悄悄。

即使公寓拆了，山茶花媽媽肯定還凝望著馬路吧。在阿當的心中，或在某個次元裡。

有沒有鬼？看不看得見？是生還是死？這些都無所謂了。就像是一種錯覺。這裡全部都有，只是人們擅自切取而已。

如果能放下，會發現所有的一切都並存著，和濕潤含水的青苔及蠕動的微生物同樣承受陽光恩惠，完全無異。

只要沒有「我想要這樣」的期待，大家都是一樣可愛的同胞。

我很清楚身邊的人對我抱著格格不入的感覺。我也知道自己曾說過和那些有過瀕死體驗者完全相同的話，我更痛切明白那些人想把這份舒暢豁達傳給別人的心情，雖然那是絕對無法傳達的。

這裡是鬼魂公寓，我也是半個鬼魂，但緩緩湧現幸福之感。

阿當今天會回來吧，也或許不來。我們會一起喝茶，也可能不喝。有一天他會離開，或許明天，或許二十年後。我們像微生物游動般，在大氣中游動。有時靠在一起，有時分離，依照巨大未知的定律，或帶著意志，或隨所沉浮，或聽其自然，或堅持己見，一切都是命運作為的一部分。

這一點也不健康，只能說是活著。人最後不論在哪裡，都會遇到某個人，那個只在還活著時才能遇到的人。

我打電話到洋一家。

「今天下午兩點在新橋車站的汐留口見面可以嗎？還有，趁著去霧島藝術森林辦事，順便做一趟家族旅行吧？要住幾晚？」

「我想在他爸爸常去的SEAGAIA住一晚。住宮崎可以嗎？」洋一的母親回答。

「可以，我來安排。」我說。以洋一母親習慣的速度進行對話。

「我拜託爸爸的朋友看看，說不定能房間升等。」

「好期待。那，我先訂霧島的旅館，原本預定是下月三號到五號，可以嗎？」

我一邊寫記事本，一邊回答。

「可以吃很多南蠻雞、炭烤土雞，還想去鵜戶神宮。以前洋一讀高中時，我們曾一起把幸運石丟到烏龜岩石上。現在想起這些事，也不會哭了。」

洋一母親有點興奮地說，

「我以為再也不會有家族旅行了，以為從今以後就只有他爸爸和我，多麼孤單啊。我們那麼用心把他養大，為什麼他卻被奪走了？不過，留下那麼多回憶，還是很高興，也無所謂了。我們是父母，洋一的作品一件都不留下也行，真的。我們只想留下洋一。幸好，洋一帶來了小夜，讓我們不會寂寞。」

「就請您這麼想吧。如果我生了孩子，也請你們把他當作自己的孫子。說好了呦，我們真的要一起去旅行。」

我說。我的內心依然還有些許「我若代替洋一死去就好了」的歉疚。心窩深處隱隱作痛。倖存的沉重感還在，而我要坦然擁抱那份沉重。

「對不起，總是跟你談這麼沉重的話題。如果沒有小夜，我們不知道會變成怎樣。我和爸爸或許會離婚。或許無法管理洋一的作品，讓那孩子活著的證據棄置在外，任憑風吹雨打。」洋一的母親說。

「我感覺很自由自在，一點也不覺得沉重。您隨時可以跟我談洋一的事情。傷心的時候，也請像以前那樣隨時在我的面前嘆息。我雖然不能為您做什麼，但至少可以待在您身邊。洋一、您和伯父都是我最喜歡的人，他的作品也是我的孩子。」

我說，

「而且，洋一活著的證據，不只是作品，我相信，洋一確實還在這個世界上。」

聽到他母親說謝謝後，我輕輕放下電話。

多麼富裕啊，我擁有這一切。不管活著還是死去都在一起，千真萬確地擁有這一切。或許這是不置之死地就發現不到的，肯定是。

在這只有陽光照射處散發出新榻榻米味道的空蕩房間裡，我細細咀嚼這個感受。就像昆布永遠會滲出味道般，生的喜悅在體內輕輕繞轉。那股暖流只在腹部的地方稍微放慢了速度，然後又繼續繞轉。

☆

確認洋一的作品都安全送達後，洋一父母約我簡單吃了晚餐，回來時順路晃到Sirisiri。

那個鬼魂也坐在櫃檯邊。

她把玩長髮，像覺得無趣卻又還是想待在這裡。

我一直看著她，新垣端出小菜說：「小夜，你回去那個地方了？撿回你的魂了。」

我嚇一跳。

「你怎麼知道？」

「我祖母是靈媒，我多少也有些靈異體質。」

他淡淡地說。

他是知道我去京都，推測我到過車禍現場而這樣說的吧。但他給人的感覺好像是真的看得到。毫無遲疑地，像說「你頭髮上有髒東西」那樣直直看著我，談著靈魂。

「我雖然不懂你說的那幾個沖繩名詞，但好像可以理解……這麼說，偶爾坐在櫃檯那邊的女人，你也看得到嗎？」我問。

「嗯，所以我從來不讓別人坐那個位置。」

新垣自在地說，

「我也可以看到小夜死去的男友。我看過你帶著一個體格魁梧的男子走進來。」

「在哪裡？」

我回頭張望，什麼也沒看見。

「我不是一直可以看到，是偶爾看到。就像現在，我感到他的存在，卻看不到。上次你帶阿當來時，我還在想，小夜交了新男友，她後面那個男孩可難過了，傷心時移事變。」

新垣說，

「我也很喜歡小夜，不過一切只是徒增哀傷。要讓那個世界和這個世界交融很簡單，因為本來就是交融的，我們要的僅僅是在不能過度交融的每日無聊生活中磨練自己。」

為什麼他能把一件這麼單純的事情這麼乾乾脆脆地說出來。我有點醉意的腦袋在想，沖繩人有認同另外一個世界的特質，或許因此才容易得到療癒吧。

「所以，酒是好的，酒吧也是好的，可以讓大家稍稍放下負擔，和那邊的世界交融一下。只要不喝過量，真的是有意義的好地方哩。」

新垣微笑，然後，換成有點認真的表情繼續說：

「總是坐在那裡的是我姊姊，已經死了，我也只能偶爾看到她，我想，她是來喝喝酒、幫我守護這家店的。」

「該說什麼才好呢……，真抱歉。我沒有一副只有自己很痛苦的表情坐在這裡吧？」我問。

「如果不能在酒吧擺出這種表情，那要在哪裡擺？」新垣說。

「話是如此，我或許太驕縱了。」我反省。

「小夜喜歡那個同性戀小哥吧。」新垣問。

「喜歡，但不是那種喜歡。」我說，「我現在沒辦法喜歡任何人，心境就像未亡人一樣。」

「要說我……對小夜沒有意思，那是騙人的，但那只是以老闆和顧客的關係尋求安慰而已。看到小夜，就覺得活著真好，心情很放鬆。可能因為小夜瀨臨死亡過，所以看起來比別人更像活著。」

新垣說。

一種近乎被甩的感覺瞬間襲來。

會湧現這種心情，就表示我體內有活生生的血液在流動，有股想緊緊抱住自己身體的衝動。

「真難得，至少能對別人有一點幫助。」

我默默喝著泡盛。

新的人際關係的新鮮味道。

吧台映照夜色，閃閃發光，玻璃杯中的冰塊太透明，看起來像冰山般高雅。這是醉了的證據。

我默默看著冰塊。如果死了，就看不到眼前這瞬間的璀燦。冰溶化成水，那是一種無止盡的美。

不一會兒，在我快要忘記那話題之際，他繼續說。

「大我三歲的姊姊出現在我們家，是我老爸死的時候。那年我十五歲。她是我爸的私生女，但是我媽沒有歧視她，收養了她。對中學生的我來說，姊姊是個大美人，我一見鍾情。我對姊姊的心情一直隱藏到二十歲，姊姊也一直隱藏對我的心情。在姊姊三十歲以前，我們連手都沒有牽過，但是心意相通。

到了姊姊要相親的時候，我們私奔到東京。拋棄了最慈祥的媽媽，瞞著所有的人，結為夫妻，經營一家小店。剛開始是在澀谷的陸橋下，可是，她留下我的孩子，平安無事生下的兒子，自己卻因車禍死亡了。由於不能歸葬故鄉的墓園，於是埋在東京。

姊姊死了、我變成鰥夫後，媽媽接納一切，瞞著親戚，每年來我這裡住幾個月。當然，她心中有說不出的怨恨憤怒，不是完全沒有疙瘩。但是孩子很可愛，所以她都壓抑下來。也許哪一天碰上什麼事情，就會一股腦地全部爆發出來吧，但我們小心翼翼不讓那種情況發生，靜靜地生活。

也許這是我會在意小夜的緣故吧，是因為車禍的緣故吧。我不想把生活感覺帶到店裡，所以沒說，但我有個十歲的兒子。這裡打烊後的午夜一點起，我就變成孩子的爸爸。因此，即使這個工作很辛苦，我還是很努力。」

我只能說「這樣啊」。

然後，兩人都沉默下來。

我的熱淚沿著臉頰滴到吧台上。好幾滴。

她坐在吧台那邊看著我，目光比平常更溫柔，面容看起來有一點幸福。

怎麼？是我誤會了。我太傲慢了。

「下回讓我看看你兒子。」

我說，

「你可以隨時把他託給我，我可以帶他去玩。還有，我下午有空，也可以幫忙接送他上下學。」

「嗯，謝謝你。」他說。

儘管兩人處在「彼此有點相互吸引」的未知界線也不錯，但他回到了感覺更好的、不知是什麼樣的朋友、但總之就是朋友的位置。

我唯一擁有的憧憬似的光亮，並沒有消失在誰身上。這麼想時，就像和阿當在山上時一樣，我笑了，確實有這麼一首歌。

歌詞是這樣：

「大家還不知道，在前方，有不可思議的晝夜在等待。」

「靈魂回來後，小夜臉上果然綻放出燦爛的笑容。正因為不積極想著要找回來，它自己反而悄悄回來了。」

新垣露出像在看山、看海、看彩虹似的平等而殘酷的眼神。

「真的回來了嗎？」

我說，然後笑笑，

「真的，不管怎樣都好，因為，我確實在這裡。」

後記

吉本芭娜娜

二〇一一年三月十一日發生在日本的地震海嘯，不僅是災區的人們，連住在東京的我，人生都受到很大的衝擊。

雖然這非常、非常不容易理解，但這部小說是為在各地經驗這場大震災的人、活著的人和死難的人而寫。

我曾經認為，不管怎麼寫，都會顯得太輕，有一段時期，為了寫出那份沉重，甚至考慮是否親自到災區當志工？但我越想越覺得，還是應該留在東京，在這種不安的日子中書寫。

我也想過，大概很多人會認為，「別開玩笑了，這麼膚淺、開朗調調的小說，能懂什麼？」

然而，我不是在做能讓很多人理解的大事，我只能針對因為讀了我的小說能夠得救、變得堅強的少數讀者，小小而確實地書寫。

只要有一個人感到貼中心聲，終於能夠稍稍舒坦些，於我足矣。

感謝你的閱讀。唯有感謝。

二〇一一年九月

藍小說 825

甜美的來生

作　　者—吉本芭娜娜
譯　　者—陳寶蓮
審　　稿—陳蕙慧
主　　編—嘉世強
編　　輯—黃嬿羽
美術設計—蔡南昇
執行企劃—林貞嫻
校　　對—陳寶蓮、黃沛潔

總 編 輯—余宜芳
董 事 長—趙政岷
出 版 者—時報文化出版企業股份有限公司
108019 台北市和平西路 3 段 240 號 3 樓
發行專線—（02）2306-6842
讀者服務專線—0800-231-705・（02）2304-7103
讀者服務傳真—（02）2304-6858
郵撥—19344724 時報文化出版公司
信箱—10899 臺北華江橋郵局第 99 信箱
時報悅讀網—http://www.readingtimes.com.tw
電子郵件信箱—liter@readingtimes.com.tw
法律顧問—理律法律事務所　陳長文律師、李念祖律師
印　　刷—勁達印刷有限公司
初版一刷—2013 年 1 月 11 日
初版四刷—2022 年 11 月 1 日
定　　價—新台幣 250 元
（缺頁或破損的書，請寄回更換）

時報文化出版公司成立於一九七五年，
並於一九九九年股票上櫃公開發行，於二〇〇八年脫離中時集團非屬旺中，
以「尊重智慧與創意的文化事業」為信念。

甜美的來生 / 吉本芭娜娜著；陳寶蓮譯. -- 初版. -- 臺北市：時報文化, 2013.1
面；　公分. --（藍小說；825）
ISBN 978-957-13-5704-1（精裝）

861.57　　101025765

ISBN 978-957-13-5704-1
Printed in Taiwan